神使いの蝶は誓いの
聖騎士に祝福を捧ぐ

神《かみ》使《つか》いの蝶《ちょう》は誓《ちか》いの聖《せい》騎《き》士《し》に祝《しゅく》福《ふく》を捧《ささ》ぐ

葵《あお》居《い》ゆゆ

ILLUSTRATION：北《きた》沢《ざわ》きょう

神使いの蝶は誓いの聖騎士に祝福を捧ぐ

LYNX ROMANCE

CONTENTS

神使いの蝶は誓いの聖騎士に祝福を捧ぐ

日の暮れた道路を、車がスピードを上げて走っていく。

背中に排気ガスまじりの風を浴びながら、実羽《みう》は暗い川を見下ろした。

暮らしている児童養護施設から、徒歩で二十分ほど離れた大きな橋の上だ。片側三車線の広い道路の両脇に歩道があるが、暗くなるとめったに人は通らない。誰にも会わなくてすむから、この橋の上は実羽にとって、なくてはならない避難場所だった。

うまくいかないとき、悩んだとき、後悔したとき。つらいときはいつでも、ここで心許《こころもと》なさをやりすごすのだ。

(――寂しいのはよくあるけど、今回のは、けっこう重たいかも)

実羽は手すりにもたれた。吐き出した息は熱っぽく、どうしておさまらないのだろう、と嫌になる。冷たくなってきた十一月の風を浴びても、全然鎮まらない。

熱いのは息だけではなく、身体《からだ》――正確には下腹部だった。腹の中がねっとりと湿り気を帯びているようだ。認めたくはないけれど、股間のものは硬くなって、制服のズボンを押し上げていた。

(こんなこと、今までなかったのに)

四日前のことを、実羽は苦く思い出した。

放課後、いつものように一緒に帰っていた友人の古田《ふるた》が、寄っていけよ、と自宅に誘ってくれた。小学生からのつきあいで、親友といっていい相手だ。きっとゲームをするのだろうと喜んでついていったら、彼は真剣な顔で告白してきた。

「おまえが好きなんだ。実は、ずっと前から」

ひそかに想っていたが、断られることを考えると口にできなかったと古田は言った。でも、二人で所属していた弓道部も夏で引退し、あとは卒業するだけだ。卒業後は進路がわかれる予定で、今言わなければ伝えられないと考えて告白したのだと言われて、実羽は困ってしまった。

いいやつで、友達としては大好きだけれど、恋人とかつきあうとか、そんなふうに考えたことはなかった。でも、「気持ち悪いか？」と聞かれたら、首を横に振るしかなかった。

「ほんとに？　キスしたいって言っても、引かない？」

「……たぶん」

想像してみても、嫌だとは思わなかった。ふざけることも多いけれど根は真面目《まじめ》で、思い詰めやすいのが玉に瑕《きず》、みたいな古田のことだから、本気なのだろうと感じられたし、触られて嫌悪感を覚えたことはない。それが唇でも大差ないだろうと思ったとおり、「じゃあ」と言って震えながらキスされたときも、嫌ではなかった。慣れない行為は気恥ずかしくてどぎまぎしたけれど、たぶん相手が誰だって緊張はする。

平気、と言うと、彼の目の色が変わった。肩を掴《つか》まれたかと思うと床に押し倒され、性急な手がシャツをズボンから引きずり出す。意図を悟って、いきなりはないだろ、と抗議したけれど、古田は諦《あきら》めなかった。

「最後まではしない。でも、触らせて。――じゃないと、おまえがいなくなりそうで怖い」

なにその漫画みたいなセリフ、と思うと同時に、そんなに好きなのか、と思うとせつないような気分にもなって、実羽は抵抗をやめた。

女の子じゃないし、仮に最後までやられたところで困ることはない。心配したり叱《しか》ったりする親もいない。だったら、大好きな友達の頼みを聞いて身体を差し出すくらい、なんてことない気がした。同性同士でセックスは、よほど好きじゃなければできないはずだ。古田が自分を好きでいてくれるのなら、ちょっとくらい痛いのとか恥ずかしいのは、全然気にならなかった。

その判断が間違っていたとは今でも思わない。でもさすがに、あんなことをされるとは想像していなかった。

口の中に潮っぽく苦い味が蘇《よみがえ》って、実羽はごしごしと唇を拭《ぬぐ》った。

実羽の制服を半端《はんぱ》に脱がせ、性器を取り出し、自分のとまとめてこすりあげた古田は、最後には実羽の頭を摑むと、口の中に勃起《ぼっき》したものを突っ込んだ。ぎょっとしたときにはもう遅く、ぶるんとしなるものが舌の上で脈打ち、精液が放出されて、荒い息まじりの声が言った。

「飲んで、実羽。ほんとは喉まで突っ込みたいけど、それは我慢するから」

実羽は抵抗した。首を横に振って性器を口から押し出そうとしたが、古田は驚くほど強い力で実羽の頭を摑んで離さなかった。焦《じ》れたように、口の中に溜《た》まった精液を己を使って掻《か》き回してくる。

「飲めよ。おまえだって、俺とこういうことしたかったんだろ。おまえのほうが先に俺のこと好きになったんだもんな。いっつも潤んだ目で見てたの、わかってたんだぞ」

やらしい目つきしてた、と古田は乱暴に言って、実羽の目元に触れた。

「この目で物ほしそうに見られたら、誰だってその気になる」

そんなふうに言われて、ふつりと抵抗する気力が失《う》せてしまった。

実羽の目は透き通るような水色をしている。髪も、一見すると黒だが、光を浴びると淡い虹色に輝くせいで、担任の先生が変わるたびに苦労したし、町では異物のような目で見られることも多い。生い立ちとあわせてどうしても目立ってしまう実羽の外見について、古田が否定するようなことを言うのは初めてだった。でも、内心では彼もずっと、変だと思っていたのだろうか。

あのときの裏切られたようなショックが、四日経《た》っても消えない。

翌日学校で顔をあわせた古田は、こっそり「いつでもまたしてやるから」などと言ってきて、実羽を寂しい気持ちにさせた。

結局、好きとか、消えそうで怖いとか言って迫ったのはただの方便だったのだろうか。もし本当に恋をしてくれているなら、口に突っ込んで射精、なんてするだろうか。

（興味本位とか……溜まってたとか、そういうほうが、近いのかな）

悲しかったが、彼と二人きりにならないよう避けながら、それでも実羽は自分から謝ろう、と考えていた。

もうちょっと気持ちが落ち着いて、傷ついた感じが薄れたら、勘違いさせてごめんと言おう。物ほしそうにしたつもりはなくて、ただ古田は一番の友達だとわかってほしかった。

なにも知らない実羽に、古田は全部教えてくれた。ゲームのやり方、野球のルール、猫のいる空き地。放課後にコンビニで買うアイス。クラスメイトの性格、流行《はや》りの動画、おすすめの音楽。

古田がいなければ、実羽の人生はもっと寂しかったはずだ。周囲に馴染《なじ》むのだって時間がかかって、居場所のなさに小さくなっていなければならなかっただろう。

行為自体は自分で受け入れると決めたのだから、忘れればすむ。

元どおりの友達になりたくて、されたことは忘れようとして――なのに。

傷つくくらいには嫌な行為だったはずが、あれ以来、覚えたことのない衝動が断続的に襲ってくる。

（……なんで、身体が疼《うず》くんだろ）

腹の中がじわじわ熱くて、射精したいのと同時に、ほしい、と感じるのだ。

あんなまずいものを、屈辱的な思いをしてまで飲みたいはずがないのに、どうしてもほしい。口にしなければ死ぬ、と思うくらい、気を抜くとそのことばかり考えてしまう。

もしかしたら、自分はとんでもない変態なのだろうか。

だから、施設でも変な目で見てくる職員がいるのだろうか。電車で痴漢《ちかん》にあうのも、露出狂によくでくわすのも、自分の性癖が滲《にじ》んでいるせいだとしたら。

ぞくっと肌が粟《あわ》立って、実羽は身を乗り出した。川を渡る冷たい風で、やましい熱を追い払いたかった。

「大丈夫。おれは汚くない」

声に出して言い聞かせる。セックス自体が悪いことじゃない。辱《はずかし》めを受けたって、やったほうが悪いだけで、こっちが汚れたわけじゃない。

「恥ずかしいとか、思う必要なんてないんだ」

独り言を車の音がかき消して、実羽は強く唇を噛《か》んだ。

なによりつらいのは、身体が疼くことよりも、自分をけがれたもののように感じてしまうことだった。

　こんな状態では、とても施設には帰れない。施設には入ってきたばかりで、心に傷を負っている幼い子もいるから、実羽が迷惑をかけるわけにはいかない。早く帰らなければならないが、妙にねばっこい視線で見つめてくる男性職員を思い出すと、足が動かなかった。今はとても、彼を笑顔でかわせる気がしない。

　せめてもう少し、自分を嫌いな気持ちが薄れるまでは、ここにいるしかない。

「……帰りたいな」

　ここじゃない、どこか遠く。

　本当に実羽がいるべき場所へ帰って、大切な人に会いたいと、こんな日は願ってしまう。

　こもった熱を吐き出すように息をして、実羽は下を覗《のぞ》き込んだ。

　巨大な橋の高さは数十メートルあり、川面《かわも》ははるか下だ。ちょうど川の真ん中あたりだから、この時間はなにも見えなかった。

　十一年前、右手に見える広い河川敷で、実羽は発見されたのだそうだ。なぜか生成《きなり》色のワンピースのような服を着ていたため、どこかの宗教施設から逃げ出してきたのではと、その線でも捜査が行われたけれど、結局身元はわからなかったと、あとから園長先生が教えてくれた。迎えにきてくれる親も親族もなく、以来同じ施設で育ってきた。

　助けられた経緯はぼんやりと覚えているが、それ以前の記憶が、実羽にはない。

　名前だけは聞かれると「みう」と名乗ったらしく、実羽という字は園長先生がつけてくれた。正確な年齢もわからないから、発育状況から七歳くらいだろうと決められたそうだ。記憶がないせいか、話すことはできても読み書きを覚えるまではひどく苦労した。

なにもわからないのは寄《よ》る辺《べ》ない。どうにか思い出そうとするうちに、ぼんやり蘇ったのは、大切な人がいたはずだ、ということと、その人と約束をかわした気がする、ということだった。

帰って、会いたい。そう思うのに、肝心のその人の顔も約束もどうしても思い出せず、諦めるしかなかった。

寂しさ故《ゆえ》に、架空の誰かや約束があると思い込んだのだと考えることにしたのは、十歳の頃《ころ》だっただろうか。あれから長い年月が経って、記憶がないことは気にしていないつもりだけれど、ときどき、自分はなにものなんだろう、と考えてしまう。

どこで生まれて、どんな生活をしていたのだろう。ちゃんと愛されていただろうか。

それとも、愛されてなんかいなくて、なにか問題があるから親が捨てたのだろうか。

問題があるから、古田にもあんなことをされたのかもしれない。施設や学校でうまくいかないときも、疎外感で寂しかったときも、彼だけは味方でいてくれたのに。

だめだ落ち込むな、と自分を励まそうとしたとき、急に、暗い川の中に月が見えた気がした。

銀色に滲んだ、丸い光だ。

今日は満月だっただろうかと上を仰いでみたが、どんより曇って濁《にご》った空は星ひとつ見えない。街灯が水面《みなも》に反射したのかと、もう一度見下ろすと、銀色の輝きはやはり月に見えた。

水面に映っているのではなく、もっと深い場所——川の奥底に宇宙があるかのように、月がある。

目を凝《こ》らすとちらちらと舞うものも見えて、実羽は知らず知らずのうちにさらに身を乗り出した。

淡いブルーや金色にきらめく、小さな生き物のようなもの。

（——蝶《ちょう》？）

もっとよく見えないか、と思った瞬間、ふわりと足が浮いた。

まるでなにかにひっぱられるように、頭が川に——月のほうへと傾く。落ちる、と悟って全身が強《こわ》張《ば》り、実羽は欄干《らんかん》を掴もうとした。落ちたらたぶん、死ぬ。

けれど、あるはずの鉄の手すりはなかった。

呆然《ぼうぜん》とした実羽の身体はくるりと勝手に回転し、頭を真下にして落ちていく。足の向こうに見えるはずの橋はどこにもなく、ただ真っ暗な闇だけが広がっていた。

なにもない。両岸に見えるはずの工場も、家の明かりも。

闇の中、身体は奇妙にゆっくりと、どこまでも落ちていく。頭が冷たい水に触れたかと思うと、音も衝撃もなく、全身が包み込まれた。

水圧でぐんと身体が重くなる。泳がなきゃ、と思った直後には、遮断されるように意識が途絶えた。

はっとしてもがいて、実羽は飛び起きた。
十一月の冷たい川の中——のつもりだったのだが、肌に触れているのはやわらかな布団《ふとん》だった。身体の下にあるのも、硬い岩とか泥とかではなく、ほどよく弾力があって、まるでベッドだ。

泳がなきゃ死ぬ、と焦る気持ちと、目に映る景色が噛みあわなくて、しばし呆然とした。

施設の見慣れた部屋ではない。やたらと広いベッドの三方を囲う薄いカーテンが、日の光を優しく遮っていた。飾り彫りされたベッドヘッドと天井に、天蓋《てんがい》つきって言うんだっけ、とぼんやり考える。

映画やゲームでしか見たことがない、時代がかったベッドの上に、どうやら自分はいるらしい。胸元を見下ろせば淡い生成色のワンピースのような服を着ていて、これって、と混乱した。

（おれが見つかったときって、たしかこんな服着てたんじゃなかったっけ）

夢でも見ているのだろうか、と思ったとき、急にカーテンが動いた。ぎょっとして見ると、黒い服に白いエプロンをつけた、実羽の知識ではメイドとしか思えない女性が目を丸くしていて、彼女は振り返って叫んだ。

「アルギュロス様！　お目覚めになってます！」

がたん、と椅子《いす》を蹴飛《けと》ばすような音が聞こえ、カーテンが大きく開けられた。

「ミウ！」

背の高い男だった。日に焼けた肌に銀色の髪をしていて、長いそれをひとつに結んでいる。吊《つ》り気味の灰色の目が凛々《りり》しい印象で、整った顔立ちだ。鍛《きた》えられた身体にまとっているのはファンタジー映画に出てくるような黒い服で、コスプレにしては板についていた。

彼は耐えかねたようにくしゃりと顔を歪《ゆが》めると、実羽を抱きしめた。

「無事でよかった、ミウ……！」

太い腕は力強く、身体からは体温が伝わってくる。大きな手が実羽の髪を掻き回し、そのリアルな感触で、どうやら夢ではないようだ、とわかった。

この状況はなんなのだろう。見知らぬ外国人風の男が、実羽の名前を知っているのはなぜなのか。

居心地悪く身じろぐと、いっそう強く腕が巻きついた。

「よかった……。怪我《けが》はなさそうだったが、どこも痛くはないか？」

「――痛くはないけど。もしかして、川に落ちたのをあなたが助けてくれたんですか？」

「川？　あそこは泉だ」

ようやく抱きしめるのをやめて、男が不思議そうな顔をする。実羽も首をかしげた。

「泉？　……えっと、ここはどこ？」

「俺の屋敷だ。フェアリルの森からそう遠くない。メネラウスに無理を言って、こっちまでミウを運んだんだ」

「メネラウス？　フェアリル？」

聞いたことのない単語に面くらい、それから実羽はぎくりとした。

銀髪の男の言っている意味はちゃんとわかる。だが、耳から聞こえているのは知らない言語だった。英語とも違う、聞いたことのない言葉――それがなぜか、頭の中では翻訳されたみたいに、意味だけがわかる。

（なに、これ。やっぱり夢？　それとも、なにか変なイベントとか？）

パニックになりかけると、銀髪の男の後ろから、もうひとり男が顔を出した。

「やはり記憶が混乱しているようですね」

さらさらと長い黒髪の、こちらもまた物語の中から抜け出してきたかのような美しい男性だった。白いワンピース状の服の上にローブをまとい、貴族的な雰囲気を放っている。青い瞳が冷静に実羽を一瞥《いちべつ》した。

「世界を渡るときには記憶に障害が出ることがあるんです。ミウ、私がわかりますか？」

「……いえ」

冷ややかな表情が怖くて、実羽はなんとなく身体を引いた。その肩を、銀髪の男がかがみこむようにして掴む。

「わからないのか？　俺のことも？」

「……うん。ごめんなさい。わからない」

愕然《がくぜん》とした様子の銀髪の男をよそに、黒髪の男のほうは冷静だった。

「あちらでの生活については記憶がありますか？　どうやって戻ってきました？」

「あちらって……日本《にほん》でってこと？　それは覚えてるけど、戻ってきたって言われても——おれ、橋から川に落ちたと思うんだけど」

「水は世界と世界をつなぐ媒介の役割を持ちますから、不思議ではありません。落ちたということは、自分の意志ではなかったということですか？」

「当たり前だよ。川の中になにか見えた気がして、覗いたらひっぱられるみたいに落ちたんだ」

あんなに高い橋から飛び込もうなんて普通は思わない。自殺する気なら別だろうが、実羽にそんな

つもりは全然なかった。

黒髪の男はひとつ頷《うなず》くと、銀髪の男を振り返った。

「意識はしっかりしていますし、あちらでの記憶もあるなら、混乱は一時的なものでしょう。いずれ思い出すはずです」

「そうか」

銀髪の男はほっとした様子だったが、実羽は咄嗟《とっさ》に黒髪の男の袖《そで》を摑んでいた。

「ねえ、困るよ。帰れないの？」

「きみが帰ってきたのは、こちらにですよ」

彼はやれやれと言いたげにため息をついた。

「ここが本来きみがいるべき世界なのです。数日身体を休めれば記憶も戻るでしょうから、心配はいりません」

「心配いらないって言われても、困るんだってば。おれ、あなたのことも、そっちの人も知らないし、来月になったら就職の面接だってあるんだ」

秋の面接で落ちてしまったから、次こそは内定をもらわなければと準備してきたのだ。

「就職とは、仕事をするという意味ですか？　ずいぶんあちらに馴染んでいたんですね。混乱するのはわかりますが、落ち着きなさい」

黒髪の男は呆《あき》れたような目をしつつ、自分の胸に手を当ててみせた。

「私はメネラウス、フェアリル族の長《おさ》です。彼はアルギュロス。聖騎士団の一員で、きみの幼馴染《おさななじ》みです」

紹介されて改めて見上げた銀髪の男――アルギュロスは、落胆した表情だった。実羽が覚えていないからがっかりしたのだろう。

「ミウは十一年前に、こちらの世界で行方不明になったんです。川でちょっとした事故があって、滝壺《つぼ》に落ちて、あちらの世界に行ってしまったのでしょう。まだ幼かったとはいえ、フェアリルですから、世界を渡ることは可能です」

「……そのフェアリルっていうのも、わかんないんだけど」

「きみや私がフェアリルです。かつては神にお仕えしていた種族で、蝶の翅《はね》を持つため蝶人《ちょうじん》と呼ばれることもありますが、正しくは人ではなく、もっと特別な生き物なのですよ」

メネラウスは誇らしげだったが、見るかぎり、彼の背中に翅は見当たらないし、自分にだって生えていない。

「翅、ないじゃん」

ぼそっと呟《つぶや》くと、メネラウスは軽蔑するような顔になった。

「我々の翅は繊細《せんさい》で傷つきやすいんです。大切な機能もありますから、普段しまっておくのは当たり前でしょう」

当たり前と言われても、知らないのだから仕方ない。なんだか偉そうな人だな、と実羽は膝《ひざ》を抱えた。ひどく心細かった。信じきれないけれど、異世界に来てしまったのなら、またいちからやり直すことになる。あちらでの最初の数年を思い出すと、どっと気が重くなった。

黒髪の人のことは好きになれそうにないし、ふかふかのベッドも、ゆったりした服も、懐かしいどころかよそよそしく感じるばかりだ。

「じゃあ、ほんとに、おれは帰れないの？」

「どうしてもと言うなら行くことはできるでしょうが、これほど長期間あちらの世界にいて戻ってきたという前例も、同じ場所に二度出かけたフェアリルもいません。あちらの世界のどこに辿《たど》り着くのか、決まった法則はないようなので、難しいでしょうね」

「あっちに行けば、移動手段があるから平気だよ」

アメリカに着いたなら飛行機に乗ればいい、と思ったが、その場合パスポートとかはどうするんだろう、と思い至って、実羽はため息をこらえて唇を噛んだ。お金だってないし、英語が得意なわけでもない。

「……そういえば、おれ制服着てたと思うんだけど。持ち物とか、どこにある？」

尻ポケットにはスマホも入れていたと思い出して顔を上げると、メネラウスは一瞬アルギュロスを見やり、それから首を横に振った。

「着ていた服は取ってありますが、ほかに持っているものはありませんでした」

「そっか……」

「ネックレスかなにか、身につけていたんですか？」

「アクセサリーはつけたことないよ。ポケットに入れてた……小さい機械があればなと思っただけ」

川に落ちたはずみでどこかにいってしまったのかもしれない。もっとも、あったところで、たぶん使えないのだろう、とは思うけれど。

　今度はこらえる前にため息が出て、実羽は膝を抱え直した。

（急にいなくなったりして、古田、どう思うかな）

　あの行為のせいだ、と罪悪感を覚えたりしないだろうか。探してくれるだろうか。施設の人やほかの子供たちも――どんなふうに考えるのだろう。

　十一年かけて、やっと慣れた世界だ。浮かずに馴染んでいたとはとても言えないけれど、それなりに平穏《へいおん》な日常があって、就職したら園長先生には恩返しをしようと思っていた。なにも言わずに急に姿を消すなんて、したかったわけじゃない。

　せめて一言挨拶《あいさつ》くらいしたかった、と膝に顔を埋《うず》める。泣きたいときのように胸の奥が熱かった。

「ミウ」

　困惑と焦りのまじった声で、アルギュロスが呼んだ。

「おまえまさか……向こうに、恋人がいるのか」

　ずき、と心臓が痛む。同時に下腹部がにぶく熱を持って、嫌だ、と強く思う。

「急になんだよ。あんたには関係ない」

　つっぱねると、ぐっと肩を掴まれた。顔を上げさせたアルギュロスは、苛立《いらだ》たしげに眉根《まゆね》を寄せていた。

「関係なくない。いつだ？　交《まじ》わったのは、何日前？」

「交わるって……そんなこと、」

してない、と言いかけて、舌にあの味を思い出した。どくんと腹の奥が脈打ち、鳥肌が立つ。

（なんでだろう。あんなの嫌だ。ほしくない、のに）

からからに喉が渇いたときみたいに、あれがほしい。

「その様子では、体液摂取したのは間違いありませんね」

息を乱した実羽に、メネラウスは不愉快そうに顔をしかめ、袖で鼻と口を覆《おお》った。

「少なくとも四日は経っているでしょう。だからフェアリルの館で休ませたほうがいいと言ったのに……急いで誰か呼びましょう」

「いや、俺がやる」

アルギュロスはベッドに膝で上がると、実羽の肩に腕を回した。

「今までちゃんと約束は果たしてきた。たとえフェアリルでもミウと体液交換はしてほしくないし、ミウにこれ以上我慢させるのも嫌だ」

「ちょ……、ちょっと待って。なに、体液交換って」

聞き慣れないが生々しい言葉だ。それってつまりキスとかセックスってこと、と焦ってアルギュロスの腕から逃げようとしながら、実羽はメネラウスを仰ぎ見た。彼は苦い表情で実羽とアルギュロスとを見比べる。

「そうですね。もう七日目という可能性もありますし――怪我のこともある。すでにあちらで体液を摂取してしまったなら、仕方ありませんから、今日だけはきみの希望どおりにします。でも、ミウは記憶が戻っていないのです。決して害する真似《まね》はしないように」

「絶対にしない」

「だから、勝手に決めないでよ！　おれは嫌だからね」

　怪我なんかしていない。払いのけようとしたが、がっしりと抱き寄せてくるアルギュロスの腕はほどけなかった。メネラウスは淡々と言った。

「記憶がないなら嫌なのも当然ですが、これはきみの命を守るためです」

「――命？」

「我々フェアリルは、人間とは違ういくつもの特別な性質があります。そのうちのひとつが体液の摂取で、一度他人の体液を摂取してしまうと、以降は最低でも七日に一度体液を取り入れなければ死ぬのです」

「死……ぬ、の？」

　まさか、と実羽は口を開けた。そんな話聞いたことがない。冗談にしては悪質だと笑おうとして、メネラウスに真顔で見つめられ、半端な表情のまま固まった。

「フェアリル同士ならキスでも制約ができますし、人間とでも、精液を摂取してしまうともうだめです。期限が迫ってくると、フェアリルは本能的な渇望で、体液を欲するようになります。覚えはありませんか？　喉が渇くような感じがしたり、どうしても体液がほしい、とそればかり考えてしまったりしているでしょう？」

　彼の言うとおりだ。身体が疼いて、あの味ばかりを思い出す。嫌なのに、思い出したくないのに、今もほしくて落ち着かない。

（じゃあ……嘘《うそ》じゃ、ないのか）

メネラウスが言うことが真実なら、実羽は古田に精液を飲まされたせいで、他人の体液なしでは生きていけなくなってしまったのだ。

黙り込んだ実羽の顔を一瞥し、メネラウスはため息をついた。

「何日前ですか、体液を摂取したのは」

そんなことしてない、とはもう言えなかった。

「……たぶん、五日前。川に落ちる四日前で、落ちたときはもう夜だったから……」

「もう夕方近い時間ですからね。世界を渡るときの時間経過もわからないので、やはり猶予はなさそうです。不安でしょうが、アルギュロスは人間にしてはましな存在です。幼馴染みですし、きみを悪いようには扱いません。今日のところは彼で我慢してください」

釘《くぎ》をさすようにアルギュロスを見てからメネラウスは踵《きびす》を返す。メイドをともなって部屋を出ていくのを引きとめようとして、実羽は抱きしめられて息を呑《の》んだ。

「ミウ」

低く押し殺した声がすぐ耳元でする。

「待っていた。十一年、ずっと」

逞《たくま》しげな外見からは想像もつかない、震えてせつない声だった。思いの丈《たけ》をぶつけるように何度も実羽を抱きしめ直して、じっと顔を覗き込んでくる。

「異界の恋人が恋しいか？」

　一瞬、嘘をついたらやめてもらえるだろうか、と考えたが、実羽は首を横に振った。

「恋人じゃないよ。友達だ」

「——異界では友達同士で交わるのか？　あちらならいるのは人間だろう。精液を摂取したはずだ」

「あっちでも、普通は恋人じゃなきゃしないよ。おれは……あいつを友達だと思ってたけど、友達のほうは違ったみたいで、それで」

　説明しながら、胸の奥のほうがひりひりした。

　古田がどんな思いを抱いていたのか、結局わからずじまいだ。本当に恋をしていてくれたのか、それとも、実羽のせいで欲望を抱いてしまったのか。

　口籠《ご》もった実羽に、アルギュロスは怒ったように眼光を鋭くした。

「まさか、無理やりか？」

「ち、違うよ！　一応、好きだって言われて……一番大事な友達だし、それくらいいいかなって」

「それくらいとはなんだ。大切なことだろう」

「大切だけど……えっと、もうすぐ高校も卒業で、今までずっと一緒だったのが離れ離れになるから、その前にって言われたら、あいつならいいかなって思ったっていうか」

　古田の顔を思い出して、実羽は目を伏せた。

「——たぶんおれ、嬉《うれ》しかったのかも。そんなふうに、ほかの人とは違う、特別な相手だと思ってもらえるなんて、いいなって思って。だったら、したいことをさせてあげるくらい、なんでもないと思ったんだ」

「――――つまり、ミウも好きだったんだな」

アルギュロスは悔しそうに唸《うな》って、実羽の肩を押した。不意打ちの行動にあっけなく押し倒され、あわてて手をつっぱった。

「あのっ！　体液って、ほんとに飲まないとだめなの？」

「飲む？　……そうか、摂取といえば普通は口からだと思うか。身体の中に入れば吸収できるらしいから、普通の交わり方でも問題はないが、飲むほうが負担じゃないだろう」

照れるそぶりもなく、生真面目にアルギュロスは言って、実羽の唇に触れた。

「心配しなくても、俺自身の快楽を求める気はない。口にはそそぐが苦しい思いはさせない」

言われた途端《とたん》、口の中で射精された感触を思い出して、ぞっと寒気が襲ってきた。

あれは嫌だ。飲まなければ死ぬと言われても、少なくともまだ、同じ思いをしたくない。

「せ、精液じゃなきゃだめ？　ほら……えっと、キスだけとか、そういうのは？」

唾液だって体液だ。のしかかってきそうなアルギュロスの胸を必死で押すと、彼は言いづらそうに視線を逸《そ》らした。

「フェアリル同士なら涙や唾液だけでもいいが、俺は人間だからな。おまえに与えるには精液でなければ意味がない。精液は命を司《つかさど》る体液だから、人間のものでも力があって、フェアリルの栄養になる」

「じゃあさっきのひとは？　フェアリルなんだよね？」

「メネラウスはフェアリルの長で、誰とも体液交換はしないと決めている。定期的に体液摂取しなければならなくなるのは長としての仕事に支障が出かねないからと」

「だったら、ほかのフェアリルは？　あのひととおれ以外にもいるんでしょう？　呼んできてもらえば――」

「俺が相手は嫌か、ミウ」

　するりと、アルギュロスは実羽の頬《ほお》を撫《な》でた。

「俺はおまえが好きだ。ほかの者がミウに触れるのは、たとえ指一本だって許したくない」

　ぴく、と身体が揺れた。

　見下ろしてくる灰色の瞳は真剣だった。口調は静かだが熱量があって、凛々しい外見や態度を見ても、嘘をつくようなタイプではないのだろう。真面目そうだし、悪い人物だとは思えない。

　けれど、彼の言う「好き」をそのまま受け取るには、数日前の傷が深かった。

（古田だって、最初は好きって言った。ずっと好きだったって）

　そうして、好きだと言ったのと同じ口で、実羽が「物ほしそう」にしたせいだと言ったのだ。

　アルギュロスだって古田と同じではないのか、と思うと、「わかりました」と頷くことはできなかった。

　まっすぐ見つめてくるアルギュロスの目を見返して、羞恥《しゅうち》をこらえて口をひらく。

「口で飲むのは、嫌だ。その、友達に――された、のが、口にだったから」

　アルギュロスはなにか言いかけて、困ったように眉をひそめた。

「それは、大事な相手との思い出の行為だから、同じことはしたくないということか？　それとも、望まない行為だったからか？」

「……嫌だったから、だよ」

なんでこんなことまで打ち明けなければならないんだろう、と思いつつ、実羽は顔を背けた。

「どうしてもあんたとじゃなきゃって言うなら、飲む以外にしてよ」

「――それだと、おまえを抱くことになる」

アルギュロスの声が力を失って、戸惑うように揺れた。喜ばないんだな、と少し意外に思いつつ、実羽はもう一度彼を押し返した。

「おれはほかのフェアリルのひととでもいいけど」

「それは……だめだ。万が一、時間切れになったら困る」

ほんの短いあいだ迷ったアルギュロスは、硬い声で「わかった」と言った。

「ミウの記憶がないのに抱くのは気がすすまないが、俺はおまえを二度も失うのは嫌だ。なるべくつらくないようにするから、耐えてくれるか？」

いかにも苦渋の決断のような声音《こわね》だった。そろりと視線を向ければ、アルギュロスはつらそうな表情を浮かべている。

「すまない。ミウをひとりにしなければ、嫌な思いをさせずにすんだのに」

申し訳なさそうな声で謝られて、胸の奥がじわりと染みた。

彼が謝る必要はない。体液を摂取しなければ死ぬというのはフェアリルの体質らしいし、古田があんなことをしたのも、アルギュロスには関係のないことだ。

(幼馴染みって言ってたっけ。……おれと、仲よかったのかな)

記憶のない七年ほどのあいだで、ともに過ごしていたかもしれない人なのだと思うと、少し強張りが抜けた。

もしかしたら目の前のこの人が、ずっと会いたかった、帰りたい気持ちの原因だろうか。

だが記憶がない以上、全然違う人という可能性もある。なにしろ、嘘をつかれても実羽にはわからないのだ。

（できたら二、三日待ってもらって、いろいろたしかめてみたいけど、時間がないんだよな……）

正直に言えば怖い。でも、耐えてくれるか、と訊《き》いてくれ、必要もないのに謝ってくれる彼なら、自分の欲望にまかせてひどいことをすることはないだろう。無理強《じ》いする気がなさそうなのに、それでも行為をしようとするのは、きっと本当に必要だからだ。

「じゃあ……えっと、よろしくお願いします」

おれだって死にたくないし、と思いながらそう言うと、アルギュロスの表情がほっとゆるんだ。

大きな身体がかぶさってきて、実羽は迷ってシーツを握りしめた。

感覚としては今日が初対面の相手とセックスするというのは、覚悟していても恥ずかしい。アルギュロスは身体が大きくて威圧感があり、怖いとも思うのだが、なぜか嫌悪だけはないのが、自分でも不思議だった。

丁寧な手つきで頬に触れられるのが、わりと気持ちがいい。

（——そういえば、恋って、したことなかったな。女の子見ても、いいなとか……そういうの思ったことなかった）

クラスメイトの恋バナはそれなりに興味深く聞いていたけれど、遠いもののように感じていた。実羽にとっては、周囲の人に奇異の目で見られないよう、少しでも感じよく思われるように努力するほうが先で、自分から誰かを好きになるところまで意識がいかなかったのだ。逆に、大人からは性的な目を向けられることが多く、その不快さもあって恋愛ごとは無縁だった。

半ば現実逃避でこれまでの生活を振り返っていると、服を脱がせようとしたアルギュロスが、額《ひたい》に口づけてきた。

「不安そうにするな。ミウは楽にしていればいい」

「……うん」

促されるまま少し上体を起こして脱がせてもらい、布を巻きつけただけの下着も取り払われて、鼻先にキスを受ける。アルギュロスは黙って自分も服を脱いだ。あらわになった上半身に、実羽は驚いて目を見ひらいた。

「怪我してるじゃん！」

左腕に巻かれた包帯に血が滲んでいる。先ほどメネラウスが口にした「怪我」は実羽のことではなく、アルギュロスのことだったのだ。

深そうな傷なのに、アルギュロスは忘れていたかのような素振りで腕を一瞥した。

「昨日の任務で負った傷だ。気にするな」

「でも、痛そうだよ——あ」

赤い痕にふと思いついて、実羽は聞いてみた。

「ねえ、血は？　血じゃだめ？」

吸血鬼《きゅうけつき》だって吸うのだから効きそうだと思ったのだが、さっとアルギュロスの顔色が変わった。

「だめだ！」

「……っ」

びくりと竦《すく》むほど、鋭い語調だった。

「血は絶対にだめだ。俺のでも、俺以外でも――絶対に、なにがあっても口にはするな。この傷にも触るなよ」

「……わ、かった」

気圧《けお》されて、実羽は頷いた。そんなに怒らなくても、と思うけれど、この世界では血は特別に神聖とか、そういうことかもしれない。

（……なんにもわからないのって、ほんと不便）

身を縮めた実羽の横で、アルギュロスは下に穿《は》いていたズボン状のものも脱ぎ捨て、改めて身体を重ねてくる。傷は痛まないのか、と心配になったのもつかのま、ちらりと見えた性器がすでに上を向いていて、実羽はびくりとした。

想像以上の大きさだった。鍛えられた身体も思っていた以上に厚みがあって、どこもかしこも成熟した大人の男に見える。

「幼馴染みって言ってたけど……同い年じゃないよね？」

指の長い手が胸に触れてくるのを見ていられなくて、横へと視線を逃す。心臓がどくどくと脈打っていた。ベッドを囲むカーテンはいつのまにか閉じられていたけれど、日差しのおかげで中も十分に明るい。

（……どうしよう。すごい、恥ずかしい）

彼に比べれば、自分の身体がいかにも貧相なせいか、それともこれからする行為のせいか、きゅっと胃の底が縮むようないたたまれなさがある。

アルギュロスのほうは落ち着いているようで、静かに胸から腹へと撫でながら「ああ」と言った。

「俺のほうが七歳年上だ」

「やっぱり……、んっ」

下から上へと戻ってきた手のひらが乳首の上を通って、声を呑み込んだ。触れられた瞬間のわずかににぶい痛みが、ゆっくり広がっていく。普段気にしたこともない乳首が急に重たくなった気がして、実羽は狼狽《うろた》えた。

（なんだろ、今の……、ぁ、……ッ）

優しくつままれて、びくっと肩が震えてしまう。くにゃりとやわらかかった乳首はアルギュロスの指のあいだですぐに弾力を持ち、指の関節を使ってすり上げられると、ちりちりした痛みが芽生えた。

「……っ」

「気持ちよさそうだ」

漏《も》れそうな声を我慢した途端、アルギュロスが呟いて、かっと耳が熱くなった。思わず彼を睨《にら》み上げる。

「そういうこと言うなよ」

「どうして？　気持ちよくないか？」

　アルギュロスは真顔のまま首をかしげる。

「気持ちよさそうな表情をしたと思ったんだが、嫌なら言ってくれ。できるだけしっかり快楽を感じていたほうが、挿入してもつらくないはずだ」

「そ……それは、そうかもしれないけど」

「ああ、指でいじるより、舐《な》めるほうが好きか？」

　アルギュロスは勝手に納得して、唇を胸に近づける。違う、と言うより早く濡《ぬ》れたものが当たって、実羽はかくんと顎《あご》を上げた。

「……っ、ぁ、……っ」

　熱い舌が小さな突起をくるみ込む。膨《ふく》れた乳首は、舐め転がされると芯がじくじくと痛かった。痛いのに、気持ちいい。快感は皮《ひ》膚《ふ》の内側を伝わっていき、すぐに腰が落ち着かなくなった。

「っやだ……これっ、し、しなくていい……っ」

「舐めたほうがよさそうじゃないか。大きくなった」

　びくん、と跳ね上がってしまった股間に、アルギュロスは触れた。隔てるものもなく性器を握られ、悲鳴のような声が漏れかける。

「ッ、待っ、……く、……ん、ぅっ」

　根本から先端へとこすられると、鈴口からもうぬめりが出ているのに気づかされ、目の奥がちかちかした。ちょっと触られただけでもう射精しそうだなんて、おかしくなってしまったみたいだ。

（やだ……なんで——なんでこんなに、……っ）

気持ちよくて、荒くなる息が隠せない。

アルギュロスはしっかり指を絡めつけ、親指を使って鈴口を撫でた。促すように小さな穴をいじられ、ちゅくちゅく音をたてて乳首を舐められると、どうしようもない射精感が込み上げた。

「ん……っ、ふ、……く、ぅ……ッ」

なんとかこらえようと抗《あらが》っても数秒しかもたず、実羽は背中を丸めて吐精した。ぴゅ、ぴゅく、と出るのにあわせて、アルギュロスが休みなくしごいてくれ、ひりつく悦楽は長く尾を引いた。

「は……っ、……ん、……っ」

「よかった。たくさん出た」

手のひらにたっぷりついた精液を、アルギュロスがほっとしたように見せてくる。

「先走りも多かったから、これだけあれば後ろも潤せそうだ」

「そ……ういうの、いちいち言うなってば……」

ちょっと嬉しそうなのがいたたまれない。力の入らない目で睨むと、アルギュロスは宥《なだ》めるように鼻先に口づけた。

「なにをされてどうなったか、わからないほうが不安じゃないか？　特に後ろの孔《あな》は見えないからな、ちゃんと教える」

「い、いらないって……っ、ふ、ぁ、……うっ」

にゅる、と窄《すぼ》まりに指が這《は》わされ、異物感に震えが走る。アルギュロスは慎重に指先を入れた。

「きつく締まってる。――ここは、使ったことは？」

「あ、あるわけないだろ……っ、あ、……ぅ、……ッ」

「力を入れると押し出されてしまう。楽にして、息を吐いて」

おさめた指先を揺らし、アルギュロスは再び胸に唇をつけた。ちゅっと乳首を吸い出され、覚えてしまった快感に意識が向くと、隙《すき》を待っていたように指が埋まってきた。

「――は、……ぁ、……ん……」

「そう、上手だ。――ここだけでも、初めて触れるのが俺で嬉しい」

乳首を舌先でつつき、アルギュロスは満足そうなため息をついた。

「ミウの中は想像よりもあたたかいな。それに、奥のほうがやわらかい。ここか」

「……ッ、あっ、……そこ……は、あ、ぁッ」

身体が反り返るほどの刺激が駆け抜け、続けて胃のあたりまで熱くなった。じゅん……と体内が潤う錯覚に、たまらずに腰がくねる。

「あ……や、そこ……っちょ、や、ァ、……ッ」

「ひくひくしてる。普通は浅い場所が感じやすいはずだが、ミウは奥が好きか。悦《い》いなら我慢することはない」

限界まで指を深く差し入れ、手のひらを押しつけて揺するようにして、アルギュロスは小刻みに指を前後させた。指先が触れるか触れないかの位置が一番痺《しび》れる。ぐちゅぐちゅと何度も刺激されると溶けてしまいそうで、不規則に腹が波打った。

「や……ぁ、……っ、こ、こわい、これ……っ」

へその下あたりから、得体の知れないものが滲んでくる。感じたことのない感覚だ。むずがゆいような、不安を煮詰めたような、重たくて大きな予感が生まれ、膨れ上がっていく。

かぶりを振ると、アルギュロスが耐えるように目を細めた。

「怖くない。奥から蕩《とろ》けてきた——指を増やしてみるから、痛かったら言うんだ」

「んんっ……は、……く、……ぁっ」

もうやだ、と思うあいだに指が抜け、宣言どおり二本に増やして押し込まれて、無意識のうちに尻が揺れた。

いつのまにか膝が大きく左右にひらいていて、ひどい格好だ、と頭の片隅で思う。顔は熱いし目は腫《は》れぼったいから、たぶん顔もひどい。実羽の身体の中を指で探るアルギュロスのほうは真剣で凛々しいままで、自分だけが快感を味わっているのだと思うと悔しかった。

でも、こっちのほうがいい、と実羽が頼んだのだ。今さら、やめてくれとは言えない。

震える息を呑み込み、優しく掻き回される尻孔から意識を逸らそうとしながら、実羽はきつくシーツを摑んだ。

「も、いい……いいから、早く挿《い》れて、出してよ」

「——だが、まだ慣らし足りないだろう。触った感じは十分やわらかいが、初めてならもう一度達しておいたほうがいい」

「いいから……っ、もう、つらい……っ」

痛む目をまばたいて見上げると、アルギュロスは狼狽えたように視線を逸らした。逡巡《しゅんじゅん》し、それから慎重に指を抜く。

「わかった。挿れたら、なるべく早くすませる。——ほしくて、つらいよな」

つらいのは体液がほしいからじゃない。性的な快楽のほうが怖いのだけれど、訂正するだけの余裕もなく、膝を摑んで腰を上げさせるアルギュロスに身をゆだねて、ひくつく窄まりを晒《さら》す。

なんでもいい。早く終わりにしたい。

屈辱的に感じる大股びらきをその一心でやりすごし、アルギュロスがそそり立ったものをこすりつけるのを受け入れる。べたべたした股間に己を馴染ませたアルギュロスは、切っ先をあてがうとぐっと圧をかけた。

「……うッ……、く……」

みしりと割り裂かれるような痛みは思いのほか早く失せ、かわりに圧倒的な異物感が襲ってきた。縁《ふち》を限界まで拡張したアルギュロスの雄《おす》は、内側を削《けず》るような硬さと質量で、少しずつ埋まってくる。自分の中に熱い塊《かたまり》が入ってくる感触に、実羽は目を閉じて浅く息をついた。

苦しくて重たい。じわじわ侵食されると逃げ出してしまいたくて、それでも指で気持ちよくなるのに比べればずっとましだった。

「ん……ぅ、……っ、ん、く……っ」

「もう少しだ、ミウ」

励ますようにアルギュロスが声をかけてくる。さらに押し込まれる感覚に、指より奥までくる、と思った直後だった。

「……っ、あ、……っひ、……ぁ、アッ」

肌が焦げるようなちりちりした快感が駆け抜け、細かく全身が震えた。わけもわからず悶《もだ》える実羽の上で、アルギュロスが感嘆を漏らす。

「だいぶ奥まで入ったな。達《い》ってくれて嬉しい」

「あ、あっ、や、……ぁ、あッ」

つ、と撫で上げられたペニスは敏感になっていて、ようやく、射精してしまったのだと気づく。垂れ落ちる雫《しずく》がアルギュロスの指を汚していて、彼は幸福そうにその指を口に含んだ。

「――うまい。ミウのがもらえるなんて、夢のようだ」

じっくりと味わい終えると、アルギュロスはそっと実羽の頬を撫でた。

「ありがとうミウ。おまえが帰ってきてくれて、俺は幸せだ」

ぎこちないほどゆっくりと額にキスしてくる、恍惚《こうこつ》としたアルギュロスの表情に、ひくっと喉が痙《けい》攣《れん》した。

絶対にまずい精液を口にしてあんな顔ができるくらい、アルギュロスは「ミウ」が好きなのだ。丁寧に高めながら気遣ってくれるのも、熱のこもった瞳で見つめてくるのも、ミウが好きだから。

古田とは違う、と思うと、悲しいような、申し訳ないような気持ちになる。

（なんでおれは、この人のことなにも覚えてないんだろう）

「少し動くぞ。強くはしないから、このまま力を抜いていろ」

「――っ、ふ、……ん、ぅっ」

ぬるりと引いた熱い塊が、同じスピードで突き入れられる。アルギュロスは実羽の顔の脇に手をついて、じっと見下ろしながら囁《ささや》いた。

「声は出そうなら我慢しなくていい。聞ければ、俺も嬉しい」

「そんなこと、言われて、も……っ、ぅ、……は、……ッ、んっ」

ずん、と奥を突かれるにぶい衝撃が、喉元まで響いてうまく息ができない。気のせいか、さっきよりもおさめられたアルギュロスの分身が太く大きく感じられ、行き来されるとくり抜かれているみたいだった。

背筋が冷たくなりそうな、心許ない感覚なのに、奥まで入られるとじんと痺れが生まれて、意識が遠くなる。さっきの、あの感覚だ。指で追い上げられたときの、奥から得体の知れないものが生まれてくる、予感めいた波が高まっていく。

「ぁ……だ、め……っ、ぁ、……くっ」

「ミウ。……綺麗《きれい》だ。俺で感じてくれるんだな」

可愛《かわい》い、と囁くアルギュロスの声は掠《かす》れていた。もうやめてほしくて、実羽は何度も首を横に振った。

「言うの、やめろって……っ、は、んっ……あ、ぁっ」

未知の快楽だけでも恐ろしいのに、綺麗だとか可愛いだとか言って困らせないでほしい。いくら愛《いと》おしそうに言われても、実羽には応えられないのだ。

だって、身体はこんなにも悦《よろこ》んでいるのに、つながってさえ思い出せない。

(――どうしよう。この人が呼ぶミウが、おれじゃなくて違う人だったら)

長いあいだ、つらいときはどこかに帰りたいと思ってきた。けれど、もし帰りたいのがただの錯覚だったら？　帰る場所があるとして、この世界じゃなかったら？　偶然現れた自分を、アルギュロスやメネラウスが勘違いしただけということだってありうる。

そもそも、実羽は、自分の本当の名前を知らないのだ。見つけられたとき、みう、と口にしたと言うけれど、それが実羽自身の名前だという保証はどこにもない。

不安に冷たくなっていく意識とは裏腹に、肉杭《くい》で休みなく刺激される肉体は否応なく高まっていく。もう崩れてしまう、と感じて、実羽は脚をつっぱった。

「――っ、…………っ！」

奥歯を噛みしめて声だけは殺して、噴き上がる強烈な快感に身悶える。うねって締めつけた粘膜の中で、アルギュロスの雄はどくんと脈打ったようだった。

低い呻《うめ》きを漏らしてアルギュロスが腰を使う。ひくつく内襞《うちひだ》が熱で濡らされる感触に、実羽はほっとした。

これで死なずにすむ。

もっともそれも、実羽が体液を摂取しないと死ぬフェアリルという生き物だという話を信用するなら、だけれど。

「けっこう大きい街なんだね」

アルギュロスたちの古典的な服装から、もっと素朴な景色を想像していたのだが、実羽の前に広がるのは立派な街並みだった。

脇道こそ細いが、今歩いている通りは広くて石畳で舗装されており、建物も煉瓦《れんが》や石でできている。二階建てや三階建ての建物がほとんどで、二階より上の黒い木を組んだ梁《はり》と白い壁が美しかった。行き交う人も多く、どこからともなくパンを焼くようないい香りが漂う。ドイツやフランスの古い街に似た眺めだった。

いったいどんな世界に来てしまったのかと、かなり不安だった実羽は、これならなんとかなりそうだと胸を撫で下ろした。

フェアリルは翅のある蝶人だと言われたから、巨大なモンスターがいたり、耳つきの人間がいたりする世界なのかと思ったけれど、見える範囲ではごく普通の人間しかいない。街も清潔で、例の翻訳機能のおかげで、道ゆく人の会話も聞き取れる。

「ここはリスタリニアの第二の都市だから、住人も旅人も多い。王が滞在する離宮もある」

横に並んだアルギュロスは、朝からずっと無表情だ。こちらを見ようとせず、昨日のベッドの上とはうって変わって、妙に距離を取っている。きつく見える横顔に実羽は気後《きおく》れし、さりげなく歩調をずらして後ろに下がった。

（思ったより怖そうな世界じゃなくてよかったけど——この人のほうが大変かも）

理由はわからないが、あまり機嫌がよくないようだ。昨日と態度の差がありすぎて、隣にいると居心地が悪かった。

こっちだってできるなら不機嫌にしたいよ、と実羽は下腹を押さえた。

体液を——精液を中に出された腹は、ぼんやりとあたたかく感じる。それ自体は不快ではないのだが、尻の孔にはごまかしようのない異物感が残っていて、ずっと入れられているみたいだった。忘れたくても、セックスしたのだと思い知らされるその違和感のせいで、実羽だって普通に振る舞うのは恥ずかしいし、顔をあわせたくない気持ちはわかる。

わかるけれど、あれは命を助けるためという理由だったのだから、いつまでも意識するのも失礼かと思って、実羽は朝から何度も歩み寄ろうとした。おはよう、と明るく挨拶して、パンとスープと慣れない味のお茶の朝ごはんも喜んで食べ、アルギュロスの分のお茶のおかわりをついでやろうとした。

なのに、彼はそっけなく断ったのだ。

そういうのはいい、とうるさげにそっぽを向かれたやるせなさを思い出すと、ため息をつきたくなる。

彼の機嫌を損ねるようなことをしたつもりはない。考えられるとしたらセックスの最中しかなく、幻滅されたのかもしれなかった。

（もしかしたら、期待していた「ミウ」と違った、とか思ってるのかな）

やっぱりいやらしい感じに見えたのだろうか、と思うと胃がしくしくしたが、実羽は努めて気にしないようにした。

落胆したなら放っておいてもいいはずなのに、それでも街を案内すると申し出てくれたのは、義務感からだろう。この世界について教えてもらえるのはありがたい。気遣いを嬉しく思っていることが伝わりますようにと願って、精いっぱい笑みを見せる。

「リスタリニアっていうのが、この国の名前なんだよね」

「大陸の中央にある砂漠と隣りあう、小さな国だ」

「砂漠って、砂しかない荒地みたいなところ、であってる？」

「砂しかないわけじゃないが、ごく小さなオアシスを除いては人の住めない荒地だ。魔物が出て危険だが、唯一安全に通れる道を進むと神殿がある。この世のすべてを創った神がかつて住んでいた場所で、フェアリルも太古の昔にはそこにいたそうだ。——あの『守護の山脈』の向こうだ」

ひらけた場所に出たアルギュロスは右側を指さした。街の向こうは森のようで、緑の木々が茂った低い山が見える。さらにその先に大きな壁のようなものがそびえていて、壁はどこまでも、あちら側にゆるくカーブしながら続いているようだった。

「山って、あの壁？」

「ああ。あの壁のような山脈が広大な砂漠を取り囲んで、人を食らう魔物や砂嵐から人間の世界を守ってくれているんだ。登って越えることも、掘って隧道《すいどう》を作ることもできないから、砂漠へ行くには洞窟《どうくつ》を使うしかない。今のところ通り抜けられる洞窟があるのはリスタリニアだけだから、神殿に行きたい人間は必ずこの街を通る。だから栄えている」

「街道の要所ってことか」

　言われてみると、行き交う人々は顔立ちや髪色、髪の長さも体格もさまざまだ。実羽の光によって輝く髪も水色の瞳も、目立っていない気がする。

　逆に、この国の人間であるはずのアルギュロスは目立っていた。すれ違う人の中には、露骨に驚いた顔をして振り返る者もいた。

　通りかかった店から出てきた男性がアルギュロスに気づいて、笑顔で胸に手を当てる。

「蝶の御加護を、銀の騎士様」

　挨拶らしき言葉に、アルギュロスはわずかに顎を引いただけで応じた。無愛想《ぶあいそう》な態度に呆れつつ、実羽は高い位置にある顔を見上げた。実羽は百六十四センチで小柄ではあるが、それにしてもアルギュロスは背が高い。百九十くらいありそうだった。

「銀の髪って、こっちでも珍しいの？」

「髪？」

　怪訝《けげん》そうに見下ろされ、実羽はさきほどの男性を振り返った。

「さっきの人、あんたのこと銀の騎士って呼んでたから。髪の色が目立つのかと思って」

　服の上からでも鍛えられているとわかる長身だから目立つのもあるだろうが、銀色の髪をしている人は、アルギュロス以外には見当たらない。

「たしかに銀髪は多くはないが、目立つとしたらこれだな」

アルギュロスは羽織《はお》っていたマントを持ち上げてみせた。裏地が鮮やかな赤で、彼によく似合っていた。

「裏が赤いマントは聖騎士団のものだ。この国では聖騎士は特別な存在だから」

円形の広場の端《はし》に並ぶ店に沿って歩きながら、アルギュロスは説明してくれた。

「リスタリニアは小さな国だが、神殿のある砂漠へと続く要所であるだけでなく、気候も温暖で農作に向いている。過去には何度も戦争に巻き込まれ、周辺の国に狙われる立場だった」

実羽はのどかな広場を眺めた。人々の表情は明るく、治安が悪そうな感じはしない。平和そのものの光景からは戦争というのがほど遠く思える。

「それって、すっごい昔の話？」

「ああ。何百年も前のことだ。戦に負けそうになったこともあったそうだが、風向きが変わったのは、騎士たちがフェアリルの祝福を受けるようになってからだ。フェアリルの長の娘を助けた騎士がいて、その礼にとフェアリルが祝福を授けてくれたおかげで、リスタリニアの騎士は幸運と強さを手に入れ、国を守って平穏をもたらしたんだ」

「フェアリルってそんな力があるの？　七日ごとに体液を摂取しないと死ぬのに？」

蝶の翅は傷つきやすいからしまっておくとも言っていたから、実羽のイメージでは繊細でか弱い存在だ。思わず自分の手を見ると、アルギュロスがふっと顔を背けたのがわかった。

「フェアリルがなぜ、一度体液を交換すると、以降はそれなしには生きていけないのかはわかっていない。だがそれも、人とは異なる特別な存在だからなんだろう。神話の時代には神とともに暮らし、癒しの花を守っていたそうだ。フェアリル自身も傷や疲れを癒す力を持ち、神のお告げに従って人々に幸いを伝える役割だった」

「……ふぅん」

どうやらフェアリルは、あちらの世界での天使みたいなものらしい。いよいよ自分がフェアリルではないような気がしてくる。

「フェアリルって、蝶の翅があるってメネラウスが言ってたよね。おれ、自分に翅があるって感じたことないし、今でも全然出せる気がしないんだけど。それでもおれがフェアリルだって、見ればわかるものなの？」

「よく見ればわかる。フェアリルの髪は蝶の翅のように、光の加減で色合いが変わって見えることが多いから」

「——それだけ？」

たしかに、自分でも変な髪だとは思うが、根拠としては弱い気がする。アルギュロスは横目で一瞥し、少しだけ表情をゆるめた。

「ミウはフェアリルだ。その証拠に、傷がもう治ってる」

そう言って左袖をまくって見せる。昨日巻かれていた血の滲んだ包帯はなく、筋肉の張りつめた腕には痕ひとつなかった。

「ほんとだ……でもおれ、なにもしてないよ」

「しただろう。ミウの精液を分けてもらった」

さらっときわどい単語を口にされ、耳が熱くなった。

「お、大きな声で言うなよ。……おれの……で治ったってこと？」

「フェアリルの体液に、癒しの力が宿っているんだ。もっとも強力なのは血液、ついで精液が効果がある。涙や唾液でも、些細《ささい》な傷や疲れは消える」

血液が強力なら、あんなに強くだめだと言わなくてもよかったじゃん、とちょっぴり恨めしく思ったが、人間の血は意味がないのかもしれない。

「フェアリルって、けっこう便利な体質なんだね」

「便利じゃなくて、奇跡だ。フェアリルはそれだけでなく、近しい相手には幸運をもたらすとも言われていて、その奇跡を求めて今もほかの国や盗賊《とうぞく》から狙われている。それほど貴重な、この世界にたったひとつ残った、神の贈り物なんだ」

実羽は自分の髪をひっぱって俯《うつむ》いた。そんなにすごい存在だなんて、ちっとも実感がない。せめて翅を出せれば自分がフェアリルだと納得できるだろうが、背中に意識を集中させても、翅が出そう、みたいな感覚は全然ない。

（もしかして、なにか特別な方法があるのかな）

メネラウスに聞いたらわかるだろうかと考える実羽に向かって、アルギュロスは説明を続ける。

「つい先日も、街でフェアリルが襲われて、行方不明になったままだ。一昨日も、砂漠で捕らえた盗賊がフェアリルを二人連れていた。俺の怪我は彼らをかばったときに斬りつけられたせいだ」

「……さっき、フェアリルのおかげで平和になったって言ってなかった？」

「数百年にわたって平和だったんだが、三十年ほど前に、隣国で内戦がはじまったんだ。王位の継承で揉《も》めて兄弟で軍を二分して戦になり、今も続いている」

「隣の国なら、関係なくない？」

「関係あるんだ。難を逃れようとリスタリニアに流れ込んできた民がいるだけでなく、行商にも危険をともなうようになったから、流通が滞った。結果物価が上がり、危険を承知で荒っぽい真似をする盗賊まがいの商隊が増えた。彼らの一部は砂漠に住み着いていて、巡礼の旅人も襲うし、この街を荒らしにくることもある。フェアリルはただでさえ高値で売れるし、戦中ともなればほしがる連中は多いからな」

そう言うアルギュロスの横を、小さな子供が二人、笑い声をあげながら走っていく。道端でおしゃべりする女の人たちの表情も明るくて、のどかそのものだ。

本当に物騒なのかな、と半信半疑でいると、ふいに肩を引かれた。アルギュロスの胸に抱き込まれ、どきりとして見上げる。

「な、なに？」

「馬車だ、危ない」

「馬車？」

振り返ると、車輪の音を響かせながら近づいてくる馬車が見えた。馬が引いている仕組みも後ろの車体も実羽の知識と大差なく、似てるんだな、と感心しつつ通りすぎるのを眺めて、実羽は思わずアルギュロスにしがみついた。

「っあ、あれが、馬？」

「そうだが。あちらにはいなかったか？」

「いたけど」

近くで見ると馬には全然似ていなかった。頭部のかたちは狼《おおかみ》のようで、大きく開いた口の中には鋭い歯が三列並んでいた。毛はごく短く、いかつい骨格がはっきり見えるのが余計に怖い。

「か、噛んだりしないの？」

「馬が？　危ないと言ったのは、車輪に当たると怪我するという意味だぞ。馬車や騎乗に使う馬は躾《しつ》けられているから噛まない。――怖いのか」

意外そうな目で、アルギュロスは見下ろしてくる。一瞬視線があったかと思うと、それを嫌うように逸らされて、ぴりっと心が痛んだ。

（なにも、そこまで露骨にしなくてもいいじゃん。せっかくちょっといい感じにしゃべれてたのに）

「動物、好きだっただろう」

さりげなく会話を続けるアルギュロスの腕から、実羽は抜け出そうとした。

「そりゃ、犬とか猫は好きだよ。馬だって、あっちでは賢《かしこ》そうで可愛いと思ってた」

「待て」

離れかけた手を、アルギュロスが摑んでとめる。振り返ると、アルギュロスはこちらを見ないまま、低い声で言った。

「猫はともかく、犬は馬より危険だ。一匹で歩いているのを見かけることはないはずだが、もしいたら気をつけろ」

「犬が危ないの？　すごい大きいとか？」

「馬よりは小さいが、狩猟や護衛に使うから、不用意に近づくと噛まれる」

説明するアルギュロスは眉をひそめていて、呆れているのだと思うと、気持ちがしゅんと萎《しぼ》んでしまう。

「……いろいろ違うんだね」

「そのようだ」

顔を背けて歩き出しても、アルギュロスは手を離さない。きつく手首に絡みついた指を見下ろし、実羽は内心で自分に言い聞かせた。

（アルギュロスからしたら、無知すぎて呆れるのも当然だよね。だからわざわざ、こうやって街に出て教えてくれてるんだし）

表情が不機嫌でも、親切ではある。こちらから歩み寄れば話もしてくれるのだ、そっけないのも悪気はないのだろう。

気を取り直すべく、実羽は自分から質問した。

「いっぱい人がいるけど、この中にフェアリルはどれくらいいるの？　おれ、全然見分けがつかないんだけど」

「フェアリルは普通、あまり出歩かない。街で暮らす者もいるが、たいていは騎士の屋敷か、学校の寄宿舎に住んでいて、外出するときは人間が一緒のことが多い。森で暮らすフェアリルも、めったにこちらには出てこない」

「森って、あの山脈のほう？」

「ああ。昔からフェアリルの住んでいた場所で、メネラウスもそちらにいる。ミウも、ひとりでは出歩かないようにしてくれ。今は聖騎士団も忙しくて、毎日連れ出すわけにはいかないから、不自由な思いをさせることになるが」

「忙しいんだ？」

「治安が悪化していると言っただろう。兵団も警備にはあたっているが、騎士が出たほうが市民も安心するから、そうそう休めない」

「……今日は、休みなの？」

「ああ。本当は昨日だけだったが、無理を言って今日も休暇をもらった」

大変なんだな、と思うと申し訳なくなった。治ったとはいえ怪我もしていたのだから休息をとるべきなのに、実羽を街に連れ出すのは億劫《おっくう》だっただろう。不機嫌そうな顔になるのも当然だ。

広場を半周ほど歩いたアルギュロスは、大きな道を選んで曲がった。

道端にはいくつもテーブルが並んでいて、カフェか飲食店のようだ。早めの昼食なのか、食事をしながら酒を飲んでいる男たちがいて、脇で変わった楽器を奏でている男も含めて、みな楽しげにしている。

（……そんなに危なそうじゃないじゃん）

もしかしたら、危険なのはフェアリルにとってだけなのかもしれない。だったら、髪さえ隠せば大丈夫ではないか。悪党だって白昼堂々、人目のあるところで襲いかかりはしないはずだし、運動は得意だから、自分がやられっぱなしになるとも思えない。

（だいたい、さっきから大勢の人とすれ違うけど、みんな見てるのはアルギュロスばっかりで、おれは目立ってないし。あんまりフェアリルっぽく見えないんじゃないのかな）

もしくは、やっぱりフェアリルではない、ということだってありうる。

実羽はできるだけ明るく笑ってみせた。

「おれなら平気。言葉はわかるし、街の中くらいならひとりで見て回れる。あんたの屋敷の場所も覚えてるから、先に帰っていいよ」

「先に帰る？　なにを言ってるんだ」

顔をしかめてアルギュロスが振り返った。と、道の反対側から、「おーい」と声がかかる。

「アルギュロス！　聞いたぜ」

駆け寄ってきたのは四十歳くらいの、焦茶《こげちゃ》色の髪をした男だった。アルギュロスと同じ黒い服に裏地が赤いマントを身につけている。満面の笑みがいかにも陽気そうで、気安くアルギュロスの腕を叩《たた》く。

「よかったじゃないか！　おまえの大事なフェアリルが帰ってきたんだろ？」

自分のことのように喜びに溢《あふ》れた声を出した男は、実羽にも目を向けるとくしゃりと笑った。

「あなたがそのフェアリルですよね。初めまして、聖騎士団の仲間のコルウスです」

「あ……初めまして」

あわててぺこりと頭を下げると、コルウスは素直に目を丸くした。

「へえ、変わった挨拶だ。やっぱりあっちの世界の？」

「コルウス。声が大きい」

アルギュロスがうるさげに遮って、コルウスから遠ざけるように実羽の肩を引き寄せた。仲間に対する態度とは思えない無愛想さだったが、コルウスは気にした様子もなく笑う。

「いいじゃないか、聞かれて困るような話でもないだろ。むしろみんな、聞いたら感動するさ。なにしろ十一年ぶりに、死んだと思われていたフェアリルが帰ってきたんだ。しかもそれをおまえが見つけるなんて！」

「え、おれって、死んだと思われてたんですか？」

びっくりして口を挟んでしまうと、アルギュロスが苦い顔をした。コルウスは「そうなんですよ」と優しげな目を向けてくる。

「だって十一年ですよ。聞いた話じゃ滝壺に落ちたってことだったし、普通は死んだと思うでしょう。あのメネラウスも諦めてたのに、アルギュロスだけが、あいつは死んでないって言ってね。ミウ以外の祝蝶《しゅくちょう》は考えられないからって、いまだに身分はただの騎士なくらいで」

「でも、アルギュロスは聖騎士団の一員じゃないの？　そのマント、聖騎士のものなんですよね」

「リスタリニアでは騎士団すべてに聖騎士が配属されているので、聖騎士団と言うんですが、団員全員が聖騎士じゃないんですよ。今じゃあ聖騎士はずいぶん数が少なくなりました。でも、俺たちのいる第一聖騎士団はこの街の所属で、命がけの任務がどうしても多い。祝蝶がいなけりゃ加護もないんだ、普通は心許ないでしょう。いくらこいつが『銀の騎士』と呼ばれる国一番の剣士だからって、危険がないわけじゃない。誰でもいいから祝蝶を迎えろってさんざん言われてたのに……一途な男です」

お買い得ですよ、と再びアルギュロスの腕を叩いたコルウスは「おっと、あなたのほうがご存じか」とおどけた。口数が多くて賑《にぎ》やかだが、表情が豊かなのが感じがいい。愛想のないアルギュロスよりはずっと話しやすくて、実羽はほっとして笑みを浮かべた。

「おれ、記憶がなくて。祝蝶ってなんですか？　フェアリルとは違うの？」

「記憶が？　そりゃ難儀だな、大変でしょう」

大袈裟《おおげさ》に驚いたコルウスは、咎《とが》めるようにアルギュロスを見た。

「ちゃんと説明してやらなきゃだめじゃないか。祝蝶ってのは、騎士と契約したフェアリルのことですよ。大昔にフェアリルの娘と結ばれた騎士にあやかって、ひとりの騎士にひとりのフェアリルでつがいになって、祝福を与えてもらうってわけです。フェアリルとつがいになった騎士はそれだけ認められた人間ということですから、特別に聖騎士の称号を与えられて、人々の賞賛の的《まと》になる。街の住人なら誰でも、聖騎士の名前と顔を知っています」

コルウスは通りかかった男性に陽気に手を上げてみせた。相手はにっこりして、胸に手を当てる挨拶を寄越す。

「蝶の御加護を、コルウス様、アルギュロス様」

さっきの人と同じ挨拶だ。つまり、アルギュロスは聖騎士ではないのに異名をつけられ、街の人に知られているくらいすごいのだろう。見るからに強そうだもんな、と実羽は思う。

本人はといえば、不機嫌そうな表情を変えもせず、コルウスとも微妙に視線をあわせないままだった。

コルウスはアルギュロスと実羽を眺めて、満足げに何度も頷く。

「これから祝蝶の届けを出しに行くんだろう？　銀の騎士が正式に聖騎士になれば、聖騎士の地位も名誉もぐっと上がるってもんだ。傭兵《ようへい》部隊にお飾り呼ばわりされることもなくなるさ」

「まだ申請はしない」

鬱陶《うっとう》しそうにアルギュロスは眉をひそめた。そっけない言葉に、コルウスが怪訝そうにする。

「なんでだよ。せっかく待ち望んでいたフェアリルが帰ってきたんだろ」

「俺が騎士として働くのはミウと約束したからだ。将来はみんなを守る騎士になると。地位や名誉がほしいわけじゃない」

「うんうん。だからみんなを守るためにも、祝福してくれるフェアリルがいたほうがいいだろ。幸運だって授けてくれるし、怪我しても安心だ」

「ミウには記憶がないし、再会したばかりだ。彼にとっての俺は、ただの他人も同然だろう。そんな相手に、急にあれこれ押しつけられたら戸惑うに決まっている」

怒っているみたいにぶっきらぼうな声音で言われ、はらはらしながら聞いていた実羽は目を見ひらいた。

会うなりいきなりセックスをする羽目になったから、こちらの戸惑いには無頓着《むとんちゃく》なのかと思っていた。だが、アルギュロスはちゃんと、考えていてくれたのだ。

彼は横目でミウを一瞥した。

「昔、ミウは俺を祝福すると言ってくれた。だからミウ以外はいらないし、俺は覚えているから約束を守る。でもそれは俺の勝手だ。十一年も前の子供のときのことだから、たとえ記憶があったとしても、ミウに強要はできない」

実羽はじんわり耳が熱くなるのを感じた。

（……アルギュロスって、いいやつなんだよな）

昨日も感じたけれど、彼は本当に「ミウ」を大切にしているのだ。

コルウスにもそれがわかるのか、仕方ないな、と言いたそうに笑みを浮かべた。

「ほんと、おまえは頑固《がんこ》でくそ真面目だよな。でも正直羨《うらや》ましいよ。俺は祝蝶をなくしたばっかりだからさ」

「え……亡くなった、んですか？」

どきっとして訊いてしまうと、コルウスは寂しげに頷いた。

「俺が不在のときに賊に襲われてね。行方不明になって、それきりなんだ。どこかで元気でいてくれればいいけど」

ため息をひとつついて、コルウスは手を上げた。

「呼びとめて悪かったな。アルの気持ちもわかるけど、祝蝶になってもらうなら急いだほうが、大事なミウのことも守ってやれるぞ。有名なおまえの祝蝶に手を出す馬鹿はいないからな」

ミウもまた、と手を振られ、つられて手を振り返して見送って、実羽はアルギュロスを見上げた。

相変わらずの仏頂面《ぶっちょうづら》だ。でも。

「あの。ありがとう」

「なんの礼だ？」

「よくわかんないけど、祝蝶？　になるの、おれが決めていいってことみたいだったから」

彼はなにひとつ、ミウに無理強いしようとしない。右も左もわからない分、こちらを尊重してくれる態度がありがたかった。

「ああ、それはもちろんだ。コルウスはああ言ったが、祝蝶になってもらわなくても、おまえのことは俺が守る」

かっこいいセリフが嫌味でなく自然に聞こえる。見た目もかっこいいもんな、と思いながら、実羽は一歩後ろに下がった。

アルギュロスはいいやつだ。それは間違いがないからこそ、できるだけ彼には嫌われたくない。

「アルギュロスはさ、本気でミウが好きだよね」

「――ああ、好きだ。いけないか？」

むっとしたように顎を引く仕草に、ほらやっぱり、と実羽は思う。不機嫌な態度。朝からまともに視線があうこともなく、露骨に顔を背けてばかりでは、誠実な言葉も甘い言葉も、自分に向けられたものではない、と悟るしかなかった。

かすかな胸の痛みを無視して、実羽は笑ってみせる。

「あんたが好きなのは、おれじゃないんだなって思って」

「……どういう意味だ？」

「だって、ずっと機嫌悪いだろ。無理しなくていいよ」

「機嫌は悪くないし、無理もしていない」

「嘘はいいってば。全然おれと目をあわせようとしないくせに」

言うと、アルギュロスは狼狽えたように視線を彷徨《さまよ》わせた。実羽はにっこりしてみせて、もう一歩後退《あとずさ》った。

「やっぱり先帰ってて。ひとりで見て回る」

「それはだめだ」

踵を返そうとした途端、しっかり腕を掴まれて、肩がアルギュロスの胸に当たった。大きな身体に後ろからきつく抱き込まれ、つい顔をしかめてしまう。

「痛いってば。離せよ」

「——悪い。でも、離せない」

力をゆるめたアルギュロスは、実羽を腕で囲い込んだまま、耳元でため息をついた。

「どうしておまえのことが好きじゃないだなんて思うんだ。ミウが好きだと言っただろう」

「だから、それってあんたの知ってるミウのことだろ。記憶がないおれのことじゃない」

「どうしてそうなる」

わからん、と唸って、アルギュロスは実羽の頭に顎を乗せてきた。

「機嫌が悪いように見えたなら、謝る」

「べつにいいよ。あんたが機嫌悪くなるのも当然だと思う」

「機嫌が悪いんじゃないんだ」

歯切れ悪く繰り返し、アルギュロスはもう一度ため息をつく。

「笑うなよ」

「？　うん」

「緊張してるんだ。——久しぶりのミウが、あまりに綺麗だから」

ものすごく言いづらそうに小さな声で言われて、実羽は数秒頭の中で反芻《はんすう》し、それから振り返ってしまった。

「は、ぁ？」

びっくりしすぎて、腹の底から声が出る。アルギュロスはふいっと顔を背けた。

「見てると、どうしても昨日のことを思い出す。今も綺麗だが、ベッドの中でも綺麗だったと思うと、動悸《どうき》がおさまらなくて……おまえに悟られないようにしようと思うと、顔を見ないようにして、できるだけ感情を出さないようにするしかなかったんだ」

ぶっきらぼうにぼそぼそと言う横顔が赤い。ぽかんとして聞き入っていると、だんだんと笑いが込み上げてきて、「すまない」と謝られるともう限界だった。

「なに言ってんだよ、あんた……ふ、……っ、く、ふふっ」

あはは、と声をあげて笑ってしまった実羽をアルギュロスがじっとり睨んだ。

「笑うなと言っただろう」

「しょうがないじゃん、おかしいんだもん」

「昔のおまえは俺のみっともないところを笑ったりしなかった」

しっかり拗《す》ねたらしいアルギュロスの表情を見上げ、実羽は笑いがとまらないまま息をついた。

「ごめん。笑ったのは、アルギュロスがみっともないからじゃないよ」

胸がどきどきしていて、それが心地いい。手足からは自然に余計な力が抜けていて、できるならアルギュロスに飛びついてみたかった。

「ほっとして、嬉しかったから」

飛びつくかわりに笑みを浮かべると、アルギュロスは真意を探るようにまばたきした。

「嬉しい？」

「うん。昨日のことでさ、もしかしてアルギュロスにがっかりさせたかなと思ってたから。ほら、記憶もないし、抱いてみたら思ってたのと違ったとかも、あったと思うし」

「……まあ、思っていたのとはたしかに違った」

「——やっぱり、がっかりした？」

「いや。想像の七倍はよかった」

真面目そのものの顔と声で返されて、また笑いが込み上げた。くすぐったいような安堵《あんど》感で、思いきってアルギュロスの袖を掴む。

「全然そういうこと言いそうにないのに、アルって面白いよな」

「面白いと思って言ってるわけじゃないんだが」

「うん。わかってる。優しいよね」

袖を握って離して、もう一度握ってから、実羽は名残《なごり》惜しい気持ちをこらえて後ろで手を組んだ。

「えっと……じゃあ、お茶とか飲んで帰る？　その、アルが嫌じゃなければ」

言ってから、はっと気づいてあわてて首を振った。

「ごめん。勝手にアルとか呼んじゃった。馴れ馴れしいよね」

「――いや」

ようやく、アルギュロスが表情をゆるめた。笑顔に見えなくもない程度に唇の端を上げ、やわらかい眼差《まなざ》しで実羽の髪に触れてくる。

「以前のミウも同じ呼び方だったから、かまわない。……なにが飲みたい？　お茶でも、腹が減ったなら果実酒と軽食でもいい」

「なんか食べたいかも。おなかはちょっとすいてる」

「わかった」

そっと背中に手を添えてエスコートされるのは、嫌ではなかったが慣れない感覚だった。こういう扱いは受けたことがない。日本では、男子高校生を壊れ物みたいに大切にして守るほうが異例だろう。身体も丈夫だったし、どちらかといえば自分は守る側なのだと思って生きてきた。

（……昔のミウはか弱かったのかな。守るって約束したって、アルも言ってたし）

歳《とし》の差もあって、アルギュロスにはよほど可愛く見えていたのかもしれない。やっぱり今のおれとはだいぶ違いそうだなと思い、実羽は髪をひっぱった。

「おれ、ミウだったらいいな」

「ミウはミウだろう」

訝《いぶか》しそうに見下ろされ、うん、と笑う。

「そうかもしれないけど、違うかもしれないだろ。似てるだけの別人かもしれない」

「そうそう都合よく似ている他人なんていないものだ」

「でも、全然アルのこと思い出せないから。——ごめん。思い出せないのも申し訳ないけど、実は違ってました、みたいなことになったら、それもごめん。先に謝っておくね」

「俺はミウを間違えたりはしない」

きっぱり言って、アルギュロスは実羽の頭に手を移した。くしゃりと混ぜるように撫で、肩を抱き寄せる。

「俺も悪かった。記憶がなければ不安で当然だ。あんな態度を取るべきじゃなかった」

「いいよもう。おれも正直、ちょっと恥ずかしいなとか思ってたし」

現在進行形で、恋人みたいに扱われるのも恥ずかしかったが、それは黙っておく。

アルギュロスは実羽を離さないまま一軒の店の前でとまり、表に並んだテーブルについた。店員が木の板に字を彫ったメニューを持ってきてくれたが、実羽にはまったく読めなかった。

「ごめん。おれ、文字は読めないみたい」

アルギュロスはそれを聞いても、意外ではないのか冷静だった。

「そうか。だったら、俺が決めてもいいか？　ここはナレシニキがうまいんだ」

「よくわかんないけど、いいよ」

好き嫌いを主張するほど苦手な食べ物はない。

愛想のいい男性が注文を受けて店の中に戻っていき、十分ほどで皿を持ってきてくれた。薄く焼いた小さな生地を折り畳んだ上に、見慣れない果物がたくさん載っている。クレープみたいだなと思って口に入れれば、味もそっくりだった。

「ん、おいしい。おれ果物好きなんだ」

「フェアリルはみんな果物が好きだぞ」

どこか眩《まぶ》しげに目を細め、アルギュロスはテーブルの上で手を組んだ。

「なにも覚えていない不安はよくわかる。でもミウは、過去の自分と今の自分が違うとか、そういうことは気にしなくていい。誰だって成長すれば変わるのは当たり前だし、一緒にいる俺がおまえをミウだと感じるんだから、間違いはない」

「……うん。ありがとう」

気持ちをやわらげようとしてくれる気遣いが嬉しい。感謝を込めて微笑《ほほえ》みかけたが、アルギュロスのほうは思い詰めるように視線を逃した。

「変わって嫌われるとしたら、俺のほうだ」

そんなことないのに、と実羽は思う。なにしろ覚えていないのだから、変わったと感じる余地もない。それに、目の前にいる男が、実羽は昨日よりもずっと好きだった。

どう言おうかな、としばし迷ってクレープ的な食べ物を口に運び、思いついて身を乗り出した。

「じゃあ、今はお互いお試し期間ってことだね」

「お試し？」

「おれは祝蝶になるかどうか、決めていいんでしょ。記憶が戻れば一番いいけど、もし戻らなかったとしても、アルと契約するかどうかちゃんと考えて決める。それでいい？」

「ああ」

「だったら、アルもそのときに決めてよ。おれが相手じゃやだと思ったら、そう言って」

「それは絶対ない」

　不本意そうにアルギュロスは眉根を寄せて、たしかにコルウスの言ったとおり頑固だなと実羽は思う。譲る気のなさそうな表情を見ると、七つも年上なのに、どうしてか年下に対するような、ふわっとあたたかな心地になった。

「絶対なんてないよ。アルがいくら言ってくれても、おれは自分がミウかどうか、まだ信じられないもの」

「――頑固だな」

「アルには言われたくないよ」

　笑って返して、ナレシニキの残りとお茶を口に入れる。見た目はいちじくに似ているが味はいちごみたいな果物も、紅茶や緑茶とは少し違うお茶も、おいしいけれど馴染みのないものだ。見慣れない街並みに、着慣れない服。ブーツみたいな靴の紐《ひも》の結び方さえ、実羽の記憶にはない。

（でも、また川に落ちてみても、日本に帰れるわけじゃないんだよな。最悪、全然知らない別世界に

行くかもしれない）

　試してみるにはリスクが多すぎる。ここが帰りたいと思っていた場所じゃなかったとしても、納得するしかないのだ。

「……おれ、記憶はないけど、あっちでもときどき、帰りたいって思ってたんだ。会いたい人がいるような気がして、その人とした約束を果たすために帰らなきゃいけない気がして。もしその相手がアルだったら、いい加減思い出してもいいと思うんだけど――全然、わかんない」

「記憶なんてままならないものだ。焦らないほうがいい」

　アルギュロスは握れ、と言うように手を差し伸べてくる。迷ってそこに自分の手を重ねると、彼はそっと握ってくれた。

「約束なら、ミウと俺でかわした。コルウスにも言ったが、おまえを守ると誓ったんだ。ミウは祝蝶になると言ってくれた」

「うーん……でも、なんとなくだけど、約束ってそういうのじゃなかった気がするんだよなぁ」

「特別な約束と呼べるのはそれだけだが」

「思い出せればいいんだけど――せめて、たしかめたり考えたりする時間があるのはすごく助かる。アルにも余計ながっかりをさせないですむと思うし」

「俺はミウに失望なんかしない」

　それだけは譲れないのか律儀に否定して、アルギュロスはぎこちなく微笑んだ。

「不安なのに、考えると言ってくれてありがとう。待つのは慣れているから、好きなだけ、納得できるまで時間をかけてかまわない」

「一週間とか、期限を決めておいたほうがよくない？」

「大事なことなんだから、急《せ》かす気はない。ただ……体液のことがあるから」

握った指で、アルギュロスは実羽の手の甲を撫でた。

「心が決まるまで、六日ごとにおまえを抱く」

さっと耳が熱くなった。撫でられた部分が急にぞくりとして、腹の中がざわめく。アルギュロスはごく真剣な表情だった。

「七日ごとでも大丈夫だとは言うが、つらい思いをさせるのもしのびないし、かといって回数が多いのも嫌だろう。……本当なら、フェアリル同士で口づけですませるのが、一番ミウが楽なのはわかっているが」

「……うん。いいよ、それで」

実羽を他人に触らせたくないのだ、と思うと、触れられている以上におかしな気分になる。

こんなふうに愛しまれたことはない。友達にも園長先生にも、相応に気にかけてもらっていたけれど――アルギュロスの態度は、実羽をかけがえのない唯一にしてくれる。

恥ずかしくなってきて手を引っ込めると、アルギュロスもとめはしなかった。照れ隠しにフォークを手にし、もうナレシニキがなくなっていたのに気づく。アルギュロスは自分の前にある皿と、実羽の空になった皿を取り替えてくれた。

「実は、俺はそんなに腹が減ってない」

「……あ、ありがと」

わけもなく顔が真っ赤になって、断ることもできずにナレシニキをフォークでつつく。細かく切り分ける余裕もなく口に入れると、アルギュロスがふっと目を細めた。

「食いしん坊なのは相変わらずだ。……可愛い」

「そ……んなの、言われたことないよ」

ぎゃー、と叫びたい気分だった。恥ずかしい。空気が甘い、というのは恋愛における比喩《ひゆ》的なことだと想像していたけれど、本当に甘いシロップにつけられたみたいだった。

赤みの引かない頬を押さえ、嬉しそうにこちらを見守っているアルギュロスを盗み見る。

「……アルは、ミウのどこがそんなに好きなの？」

自分のこと（かもしれないこと）を訊くのは変な気分だったが、どうしても気になった。アルギュロスはそうだな、と真顔で考え込む。

「全部好きだが」

「そういうんじゃなくて」

「強いて選ぶなら、凜々しいところかな」

「おれ、凜々しかったの？」

実羽は意外に思ってナレシニキを飲み込んだ。彼の口ぶりから、ミウはか弱くて優しい子供だったのだろうと思っていたのだが、凜々しいところが好き、とは。

「凜々しかったし、面倒見がよかったぞ。俺の手を引いて、森の奥まで冒険に連れ出してくれたり、食べられる実を教えてくれたり、年下なのになんでも知っている英雄みたいだった」

懐かしそうに語るアルギュロスの表情はやわらかい。

「ミウに出会った頃、俺は死んでもかまわないと思っていた」

「出会った頃って、まだ子供だろ？」

「十一歳だから、大人とは言えなかったな。病弱で、聖騎士だった父の期待に応えられない自分がはがゆかったし、母は俺を産んだときに亡くなったから、父から最愛の人を奪ったという負い目もあった。だから、役に立てるなら、フェアリルの森で幽閉されているくらいかまわなかった」

「幽閉!?　なんで？」

「人間とフェアリルのあいだにいろいろあって、メネラウスがひどく怒っていたんだ。聖騎士と祝蝶の契約がなくなってしまうかもしれない危機だったから、俺が人質として森に預けられていた」

脳裏《のうり》に冷ややかなメネラウスの顔が浮かんだ。冷徹そうだとは思ったけれど、まさか子供を人質にするなんて——どんな理由があってもひどすぎる。

思いも寄らない過去に言葉を失っていると、アルギュロスはかるく笑ってお茶を飲んだ。

「その幽閉されている小屋から連れ出してくれたのがミウだったんだ。メネラウスに叱られたときも、まだ四歳なのに一歩も譲らなくて、結局あっちが折れた。それからは毎日一緒にすごしたよ」

「それは……ヒーローっぽいかも」

「だろう？　顔は可愛いのにけっこうやんちゃで、それまでフェアリルというのは優美な生き物だと思っていたから、びっくりした。でも、誰よりミウが一番美しかった。強いということは美しいんだと、ミウが俺に教えてくれたんだ」

「――そっか」

それなら、アルギュロスが恋をしてしまったのもわかる気がする。

（おれって、やんちゃな子供だったんだ）

か弱くて繊細な子供だったと言われるよりはしっくりくる。でも、凛々しくて英雄のようだったと言われると、自分とは違う気がした。

実羽だって、できればかっこよく、面倒見がよくて誰にでも親切にできて、人に好かれるタイプでありたい。他人にも優しくできるから、弱いより強いほうがいい。だから部活だって弓道を選んだのだ。人と直接争わなくても、強くなれる気がしたから。

けれどそれは理想の話だ。実際の自分がかっこよくないことは、重々わかっていた。

さっき撫でられた手を胸元に引き寄せて、きゅっと握りしめる。

（強くてかっこいいミウが好きなら――あんまり弱音とかは、言わないようにしなきゃ）

せっかく好きでいてもらっているのだから、このままでいたい。

（絶対ってアルが言ってくれたんだもん。きっとおれがミウのはず）

ミウでありたかった。実羽を大切にしてくれるアルギュロスのためにも、記憶を早く取り戻したくて、なにか探そう、と実羽は決めた。

早く記憶を取り戻す方法がないか、メネラウスに聞いたり、自分でも調べられれば一番いい。

急に読めるようになったりしてないかな、と実羽は店の看板を見上げたが、刻まれた文字は結局、一文字もわからなかった。

この世界では雨が少ないのかと思っていたが、夜のあいだに降ったらしく、玄関先に広がる庭は濡れていた。まだ名前を覚えられない花々が、水気をまとって清々《すがすが》しい香りを放つ。

いかにも爽《さわ》やかな朝の景色だが、ひんやりした空気にもかかわらず、実羽の身体はだるかった。はー、と長いため息をついて、痛む腰を押さえる。

「前より、しんどいかも……」

初めてのときから六日がすぎた昨夜、アルギュロスと二回目のセックスをした。

二度目なら慣れるか、と思っていたのに、尻に感じる違和感は前回よりひどい、気がする。太いアルギュロスのかたちが、くっきり腹の中に刻まれているようだ。

（……アルが、ずーっと抜かないからだ……）

今日から辺境警備の任務で家をあけなければならないから、念のため多めに摂取しておいたほうがいい、と言われれば、そういうものかなと思う。勉強にも精を出しているから栄養が必要だろうと言われれば、納得もできた。でも、二回連続、抜かないまますする必要はなかったのではないか。

おかげで実羽は途中からわけがわからなくなって、はしたない声をたくさんあげてしまった。甘えたように上ずる喘《あえ》ぎを思い出すと、やり直したいくらい恥ずかしい。

（あいつ、関係ないのに胸もいっぱい触るし。舐め回すし！）

服の下の乳首は、朝になっても痺れたみたいに過敏になっていて、みじろぎするとにぶく痛む。こういうのも恥ずかしいのに、と実羽はしゃがんで花に触れた。

なにが恥ずかしいって、だるい身体も、あちこちに残る感触も、微妙に嬉しい自分が一番恥ずかしい。

「……なんで、あんなに気持ちいいんだろ」

アルギュロスはミウを好きでも、実羽はそういう意味で彼を好きなわけではないのに。

ため息をこぼすと、背後から「そこにいたのか」と声がかかった。

「庭に出たと聞いたが――どうした、しゃがんだりして。どこか痛むのか？」

あわてて近寄ってきたアルギュロスが膝をついて顔を覗き込んでくる。実羽はなんでもないよ、と言って立ち上がった。

「ちょっと花を見てただけ。もう時間？」

「ああ、行ってくる」

さりげなく背を向けても、アルギュロスは回り込んできて、顎に指をかけて顔を上げさせる。

「顔色は悪くないな。食欲もあったし……うん、熱もない」

額に唇をくっつけて体温をたしかめられ、実羽はどぎまぎしながらアルギュロスを押し返した。

「大丈夫だって。遅れちゃうだろ、早く行きなよ」

「行ってくるが、なにかあればすぐメネラウスに言うんだぞ」

「それ昨日も聞いたって。ほら」

ぐいっと押しやると、アルギュロスはしぶしぶ門へと向かう。馬番が引いてきた馬のところまで行ったかと思うと、急ぎ足で戻ってきた。

「ミウ」

両肩を摑んで頬にキスし、瞳を見つめる表情は真剣だった。

「必ず四日で戻る。だから、誰とも体液は交換しないでほしい。四日で戻れなくて六日経ってしまったら、メネラウスに頼んでフェアリルの誰かに分けてもらうしかないが——でも、できれば、してほしくない」

きゅっと締めつけられるような、焼けるような痛みが胸を襲って、実羽は小さく頷いた。

「わかってるよ。ほかの誰にも触られたくない、だろ。ちゃんと六日目までは待つ」

同じこと何回も言うなよ、と思う一方で、繰り返し言うほど独占したいのだ、と実感するのが、むずがゆいけれど嬉しい。

照れ臭くて俯くと、アルギュロスは髪にも口づけた。

「狭量ですまない。……今度こそ、行ってくる」

「うん。気をつけて」

門を出ていくアルギュロスが見えなくなるまで見送って、実羽は頬を押さえた。唇で触れられた場所がぼんやり痺れているみたいだ。

世の中の恋人が一般的にどんな感じか実羽は知らないが、アルギュロスは絶対にスキンシップが過多だと思う。けれど、十一年離れているあいだの分も、気持ちが抑えられないのだろうと考えると、むげにはできないのだった。

愛されている、と実感するたびに、くすぐったく皮膚の内側がざわめく。力が抜けてしまいそうな落ち着かなさについしゃがみ込むと、年配の使用人長が近づいてきた。

「ミウ様もお支度《したく》を」

「あ、すみません、今行きます」

実羽は立ち上がり、咄嗟に笑みを浮かべた。庭まで呼びにこさせたりして、余計な手間をかけさせたと思うと心苦しかった。使用人長は父親を通り越して、祖父くらいの年代なのだ。

アルギュロスは貴族のような立場らしく、屋敷には何人も使用人や護衛がいるのだが、恭《うやうや》しく世話を焼かれるのには、当分慣れそうもない。できれば家事を手伝いたいのに、掃除をやろうとしたら盛大に困られたので、おとなしくしているしかなかった。

外出用の上着を羽織り、護衛の男性に付き添われて馬車に乗り込む。

向かうのは街の外に広がる森だ。アルギュロスの屋敷から、体感で三十分ほどかかって、さらに木立の中の坂道を進むと、胸当てをつけた見張りの立つ、大きな門が見えてきた。誰何《すいか》を受けて実羽が顔を出すと、見張りたちは門を開けてくれた。

そこからさらに五分ほどで、巨大な建物の前に着く。メネラウスはすでに扉の前で待っていて、実羽は中に招き入れられた。

入ると奥行きはあまりなく、左右に長い廊下が続いている。左に進むメネラウスのあとについていきながら、なにげなく奥の窓に目を向けて、実羽は声をあげた。

「建物の中に庭があるの？」

「ええ、内庭です。家がいくつもあるでしょう？　現在はここで暮らしているフェアリルが多いのです。私たちが今いるこの建物は、内庭を守る城壁を兼ねています」

覗いてみると、内庭は相当広そうだった。家が立ち並ぶあいだを道が通っていて、ほどよく木々が植えられ、あちこちで花が咲いている。行き来するフェアリルたちも見えて、どの髪も、黒をベースに淡く青や緑にきらめいていた。

メネラウスはどんどん先に進み、突き当たりで左に曲がると、内庭に面した側の扉を開けた。

「ここは私の個人的な応接室です。すぐにお茶を運ばせますから、どうぞ座って」

「ありがとう……ございます」

癖で普通にしゃべっていたけれど、メネラウスはフェアリルの長なのだから、偉いのだろう。丁寧にしたほうがいいかと、背筋を伸ばして長椅子に座る。ほどなく若い女性がお茶とお菓子を持ってきた。控えめに微笑みかけてくれる彼女もフェアリルだ。

「ミウ、ですよね。お帰りなさい」

「あ……ありがとうございます」

「きっとまだお疲れでしょう。どうぞゆっくり過ごしてくださいね」

そう言いながら並べてくれた焼き菓子は、アルギュロスの屋敷でもよく出てくる、ドライフルーツ入りのものだ。見た目は素朴だが甘酸っぱいのがおいしくて、すっかり好物になった。

静かに部屋を出ていくフェアリルを見送って、さっそく手を伸ばして一口サイズに切られた焼き菓子を口に入れてから、しまった、と焦る。勝手に食べたりしてよかっただろうか。

ちらりと窺《うかが》うと、向かいに座ったメネラウスが苦笑した。

「今さら緊張することはないでしょう。先日はずいぶんな態度でしたよ」

「……あのときはよくわかってなかったから。でも、メネラウスは偉い人でしょう。こっちって、わりと身分差がはっきりしてるみたいだし」

「その調子では、記憶はまだ戻らないようですね」

メネラウスは優雅にお茶を口にした。

「記憶が戻れば、私に対して身構えるわけもありませんからね。私はきみにとって、親代わりのようなものです」

「えっ……じゃあ、もしかして」

二個目の焼き菓子を取ろうとした手をとめると、メネラウスが頷いた。

「両親はすでに亡くなっています。父親はミウが一歳の頃、母親は三歳のときでした」

冷たい空気が身体の中を抜けていくような気がした。

こちらの世界に「戻ってきた」と言われるわりに、一言も両親の話が出ないから、漠然と予想はしていたが、もういないのだ、と知らされるのはやはり寂しい。

「おれがあっちの世界に行くより前に、死んじゃってたんだね」

「ええ。ですから、私が引き取って育てていました。この部屋に入り込んで遊んでいたこともあったの、思い出しませんか？」

見回した室内は焦茶の木材で統一された重厚な雰囲気で、見覚えはない。

「覚えてない」

「そうですか。あれから文献を調べてみましたが、やはり同じような前例はありませんでした。でも、推測はできます。あちらに渡ってしまったとき、きみはまだ幼かった。そのせいで記憶が不安定なだけでなく、あちらの世界で学習したことのほうが強く残ってしまったのでしょう。森に滞在するのは、今回は四日でしたね」

「うん。アルが辺境の警備とかで、四日くらい帰ってこれないから」

「聞いています。うちは便利な預かり所じゃないんですがね……館にはフェアリルの誇る資料がたくさんありますから、この機会に勉強していくといいでしょう」

「勉強したいけど、文字が読めないんだ。アルに教えてもらって、なんとか覚えようとしてるとこ」

「なるほど。では、簡単な歴史くらいは私が話しましょう」

にこ、と珍しくメネラウスが微笑んだ。笑うと美貌《びぼう》が華やいで、実羽はちょっと見惚《みと》れてしまった。

気づいたメネラウスが、「どうしました？」と訊いてくる。

「メネラウスって、思ってたより親切だなと思って」

「きみは私をなんだと思っていたのですか？　フェアリルの長なのですから、同じフェアリルであるきみの味方なのは当然でしょう」

メネラウスは焼き菓子をつまみ上げた。

「人間とフェアリルは、所詮《しょせん》は違う種族なのです。菓子ひとつとっても違う」

「でもこれと同じの、アルの家では出てくるよ」

「それはアルギュロスがこの館で過ごした経験があるからです。フェアリルの好みもよくわかっているし、人間の中ではまあ、まともなほうですからね。現在はフェアリルを守るためによく働いているので、このあいだも特別に、泉を使うことを許可したのですよ。そこできみが倒れているのを見つけたんです」

　そういえば、はじめにアルギュロスも泉がどうとか言っていた気がする。

「それって、なにか特別な泉なの？　異世界と行き来できる秘密の通路みたいな」

「あの泉を使って世界を渡ったという記録はありませんね。我々にとって神聖な場所なのです。水が清らかで、ごく弱くですが癒しの力がある。古い文献には、砂漠の神殿と地下水脈でつながっているのではという推測が残っています」

「はるか昔に神様が住んでて、フェアリルもそこにいたっていう神殿だよね。……神話とか、おとぎ話みたい」

「神話はおとぎ話ではないでしょう。あちらの世界では作り話かもしれませんが、ここでは事実です。我々フェアリルこそ、その証《あかし》です」

　再び優雅な仕草でお茶を飲んだメネラウスは、膝の上で手を重ねると、真顔になって実羽を見つめた。

「アルギュロスからある程度のことは聞いているようですが、私からもきちんと話しておきましょう。

フェアリルには人間と異なる性質があって、知らないままでは危険もある。いいですね？」

「うん……はい。お願いします」

実羽も、ここに来たらいろいろ聞かせてもらうつもりだった。街の中にある学校に行けば図書館もあると聞いたが、読めない以上は、口頭で教えてもらうしかないのだ。

「ではまず、身体のことからです。我々の体液には癒しの力があるのはわかっていますね？」

「うん」

「フェアリルはもともと、自身が癒しの力を持つだけでなく、癒しの花を守護する精霊であり、人間に幸いを告げる存在です。人々にとっては神の次に崇敬の対象でした。今でも幸運をもたらす者として、人間たちは我々を手に入れたくてたまらないのです」

「幸運って、でも、漠然としてるよね？」

「たしかに、幸運もいろいろあります。フェアリルがもたらすのは、簡単に言えば、不慮に死ぬことがほぼない、ということです。たとえば流れ矢にあたるだとか、奇襲を受ける、天災に見舞われる、獣に襲われる……そうした事故にいきあわず、天寿をまっとうできる幸いです」

わかるような、わからないような感じだが、危険な目にあいにくいならば、戦争が身近だったり、盗賊や魔物がいる世界では、たしかにすごい幸運なのだろう。

メネラウスは実羽の表情を見てとって、小さく苦笑した。

「きみもフェアリルですから、それを幸いと言われてもピンとこないかもしれませんね。だいたい、フェアリルとて万能ではない。体液を使っても癒せない傷や病はありますし、不慮の事故で亡くなることも、人間に襲われて死ぬ者もいます。けれど人間にとっては十分幸運なのです。人間はとても脆《もろ》い生き物ですから、彼らから見たフェアリルは神秘的で当然です。成人すれば外見が老いることがありませんし、病にかかることもめったになく、かつては人間よりもずっと長生きでした」

「えっ……年、取らないの？」

びっくりして思わず顔に触ると、メネラウスは当たり前のように頷く。

「私はもう四十三です。十八の頃から顔は変わりませんし、人間に比べると美しいでしょう？」

一歩間違えたらナルシストのような発言だけれど、本当に美しいからなにも言い返せない。

「そんな我々にも、弱点はあります。体液を摂取すれば、些細な傷や病とは無縁でいられますが、かわりに一度摂取してしまうと、二度とそれなしでは生きていけないことです」

「……七日摂取しないと死ぬんだもんね」

「そうです。なぜそれほど体液が重要なのかはわかっていないのですが、フェアリルの中では、驕《おご》ることのないようにという神の枷《かせ》だと言われています。体液を交換するということは、すなわち密接に肉体を触れあわせること。愛情がなければしない行為です。従って、互いに愛しあわなければならないという戒め——ということになっています」

メネラウスは一度喉を潤すと、「それから、翅ですね」と続けた。

「人間がフェアリルに欲をいだく理由のもうひとつが、蝶の翅です。見た目が美しいだけでなく、特別な香りを放つのです」

「え？　翅から匂いがするの？」

「ええ。翅を出せば必ず香りますし、しまっておいても、体調に応じて匂うことがある。フェアリル同士では愛情を感じあうためにとても重要な匂いです。もちろん、きみにもある。この前はずいぶん匂っていましたよ」

「そんなに……？」

今も匂うのかとあちこち嗅《か》いでみたが、よくわからない。

「自分の匂いはわからないものなのです。ですから、気をつけてください。人間に嗅がれると欲望を刺激してしまいますから……本当に下賤《げせん》ですよね」

メネラウスは露骨に眉をひそめ、吐き捨てるように言う。

「砂漠から移り住んだ当初は、フェアリルを手に入れるための争いが起きて、何人ものフェアリルが犠牲になったそうです。遠い土地まで出かけたフェアリルの中には、人間を惑わすからとひどい扱いを受けたこともあったとか。異世界でも同じように性的な暴力を受けたフェアリルは少なくないんです」

「あ……」

ぱっとあちらでのことが頭をよぎった。痴漢や職員の目つき、古田の言葉。

「その表情では、きみにも不快な出来事があったようですね」

「平気。たいしたことなかったもん」

実羽は笑ってみせた。やっぱり原因があったんだとわかって、半分はほっとして、半分は申し訳なかった。彼らが悪いわけじゃない。知らなかったとはいえ、実羽が誘惑していたのだから。

フェアリルという存在を知らなくても欲を煽《あお》られるなら、こちらの世界ならなおさらだろう。神話の時代から生きる精霊のような存在で、癒しの力を持ち、幸運をもたらし、老いることがなく美しく、翅からは誘惑する匂いを放つ。攫《さら》って売ろうとする人間がいてもおかしくないのだ、と初めて実感できて、実羽は腕をさすった。

（だからあんなに、アルも危険だって言ったんだ）

「我々は、基本的には争いを好みません」

メネラウスはかるくため息をついた。

「きみが不愉快な思いをしても、たいしたことがないなどと言って相手を許そうとするように、かつてのフェアリルも戦うことなく、人を避けて森の中でひっそりと暮らす道を選びました」

冷ややかな顔つきと口調は、どこかその決断を軽蔑するかのようだ。

「それでも、はじめは森も広かったのですよ。現在のリスタリニアの国土のほとんどは木々に覆われていて、フェアリルのものでした。しかし人間がどんどん進出し、奥へと追いやられてしまったのです。幸い、人間は人間同士の争いに忙しくて、こちらに牙《きば》を剝《む》くことはあまりなかったのですが、それでも狙って入り込む輩《やから》はいて、少しずつ数も減ってしまいました。四百年ほど前には、ついに長の娘が攫われてしまい、それを助けたのがリスタリニアの騎士だった、というわけですね」

四百年というと、たしか江戸時代のはじめのほうだったはずだ。すごく昔のような、そうでもないような感じで、実羽には実感が湧《わ》かない。

「アルから聞いた。騎士が助けたから、フェアリルがお礼として祝福を授けるようになったって」

「祝蝶のはじまりですね。私はあの制度には反対なのですが」

「どうして？　ずっと続いてきたことなんでしょう？」

「はじめの騎士とフェアリルは、たしかに愛しあっていたのでしょう。数が減りつつあったフェアリルにとっても、リスタリニアに保護されるのは悪い話ではなかった。人間とのあいだに生まれた子供も、だいたい半数はフェアリルですから」

「じゃあ、いいんじゃないの？」

「しかし、いい関係でいられた時期は、記録に残っているよりも短かったはずです。人間は結局身勝手で愚かですから、フェアリルを手に入れたと勘違いして、つけあがったんですよ。それが露呈《ろてい》したのが、十七年前です」

　メネラウスは立ち上がると実羽についてくるよう促した。

　一緒に部屋を出て、長い廊下を奥へと向かう。突き当たりから外に出て、木立のあいだを縫う狭い坂道を十分ほど登ると、平らに切り拓《ひら》かれた草地に着いた。

　巨大な木々に囲まれた広い一帯に、見渡すかぎり、規則正しく紫色の丸い石が並んでいる。

　明るくて綺麗だが、どこか寂しい光景だ。静かで、鳥の声も聞こえない。

「ここは墓地です」

　石のあいだを通り抜けたメネラウスは、やがてひとつの前で膝をついた。

「これがきみの両親の墓だ」

「お父さんと、お母さんの……」

自然と、実羽も膝をついていた。悲しいのともまた違う、喉を塞《ふさ》がれるような気分だった。

（……会えたら、よかったのに）

生きていたら、一度だけ聞いてみたかった。自分が生まれて嬉しかったかどうか。家族でどんなふうに暮らしていたのか。でも、聞きたくても、両親はあちらの世界に行くよりもずっと前に、もういなかったのだ。

そっと触ってみた丸い石は、日差しを受けてほのかにあたたかかった。

「ミウの父親も、十七年前のあの惨劇《さんげき》の犠牲者です」

振り返ると、立ち上がったメネラウスは沈痛な表情で墓石を見つめていた。

「隣国で内戦が続き、そのせいでフェアリルが狙われていた頃です。十分警戒したはずが、あるとき、大規模にフェアリルが攫われる事件が起きてしまった。聖騎士とともに暮らす祝蝶ばかり……攫われた彼らがどうなったかわかりますか？」

「――死んだ、の？」

「ただ死んだのではないんです。体液を得られずに、苦しんで死んだんですよ」

一瞬、メネラウスの顔が苦々しげに歪んだ。ぞくりとするほどの憎悪の表情に、実羽は視線を逸らしてしまった。

「で……でも、体液は誰のでもいいんでしょ。フェアリル同士ならキスだけでもいいって」

「例外があるのです」

メネラウスは実羽の手首を掴み上げた。内側の、薄く透けた血管をなぞる。

「フェアリルの体液も、種類によって効き目には差があります。一番強力なのが血液なのですが、普通、フェアリルが血液を口にすることはありません。血液を摂取してしまうと、その血液の持ち主の体液以外、受けつけなくなってしまうからです」

　ぐっと爪が皮膚に食い込んで、痛みが走った。まるで傷つけて血を流させようとしているようで、全身が強張る。メネラウスは微笑んでみせた。

「血液は瀕死《ひんし》の者も救えるほど強力な力を持ちます。けれど、なんの縛りもない奇跡は存在しないのですよ。相手と離れず、七日以内に体液を得られるうちは問題はありませんが、もし相手が先に死ねばどうなりますか？」

「……七日経ったら、自分も死ぬ？」

「そのとおりです。体液を得られない飢えと苦しみはただでさえつらいものですが、血液を摂取した者はその苦しみも激しいそうですよ。だからフェアリル同士は交換しないのです。――なのに人間は、フェアリルに己の血を飲ませていた」

　だからだ、と実羽は思い至った。最初のとき、血はどうかと訊いた実羽に、絶対だめだとアルギュロスが言ったのは、このせいだったのだ。

「愚かな独占欲だと思いませんか。普通、祝蝶と騎士とは、契約で結ばれただけの間柄です。中には愛しあう二人もいるでしょうが、たいていの騎士は祝蝶以外に人間の伴侶《はんりょ》を持ちます。フェアリルが伴侶だと、できた子供がフェアリルなら自分のあとつぎにはできない。さまざまな諍《いさか》いや軋轢《あつれき》を生まないよう、すべてのフェアリルはこの森で育てると決まっているからです。人間が生まれても、数が少なければ途中で死ぬかもしれない。家の存続には不都合だ」

「……祝蝶と聖騎士って、恋人とか、夫婦ってことじゃないんだね」

アルギュロスの口ぶりから、結婚するようなものなのかと思っていた。メネラウスはそっけなく、

「仕事上のつきあいですよ」と言い切った。

「長い時間が過ぎる中で、だんだんとそうなってしまったんです。ですから、いつしか人間とのあいだに子供ができないよう、祝蝶になるのも男性が増えました。人間に与える分には、なにも血液や精液である必要はない。フェアリル側が必要な体液の摂取も、フェアリル同士ですればいい。この方法なら、五年か十年祝蝶として働いて、戻ってからフェアリル同士で結婚できます。でも、血液を摂取してしまったら、人間から離れることはできなくなる。人間にしてみれば、所有できたようでさぞかし気分がいいのでしょうね」

十五人です、とメネラウスは言った。

「十七年前、いっせいに攫われて死んでしまったフェアリルのうち、血液を摂取させられていたのが十五人。でもきっと、誰にも知られずに聖騎士のそばで一生を終えたフェアリルは、それまでもいたでしょう。事実が明るみに出ただけでも、よかったと思うしかない」

ふっと息をついたメネラウスは、暗い笑みを浮かべて実羽を見下ろした。手首は摑んだまま、ぐっと力を込めてくる。

「血を飲ませた騎士がなんと言ったと思います？　一方的に体液をもらうだけでは祝蝶とは言えない、きちんと所有していなければ幸運が訪れないから、と――まるでフェアリルをモノ扱いしている口ぶ

りでした。何年も、何十年も、もしかしたら百年以上、人間がフェアリルをないがしろにした結果が、十七年前の悲劇だったのです」

「……だから、アルギュロスが人質になったの？」

人間のした仕打ちはひどいと実羽も思う。聞けば聞くほど、フェアリルにはメリットがないのに、悲劇があってなお、聖騎士と祝蝶の関係が続いているのも歪《いびつ》だ。でも。

「アルは、関係ないだろ」

じりじりとした手首の痛みをこらえて睨むように見返すと、メネラウスはやっと手を離した。

「きみは昔からアル、アルと……記憶がないのに、また惚れてしまったんですか？」

「ほ、惚れたとかじゃないよ。でも、いいやつだとは思う」

「どうせ抱かれる快楽が気に入っただけでしょう。人間と交わるのはたいそうな愉悦だとか」

侮蔑《ぶべつ》する目つきで見たメネラウスは、墓石を指さした。

「きみの父親は立派なフェアリルでした。私も尊敬していたほどです。十七年前、当時の聖騎士団長の祝蝶が、街にいると襲われると怯《おび》えて祝蝶をやめてしまったときに、だったら自分が、と名乗り出たんです。フェアリルは今や全員あわせても数百人。自分たちだけで生きていくには心許ない数です。リスタリニアは他国に比べればフェアリルを尊重してくれるから、祝蝶としてともに戦うのは、結局フェアリルを守ることになると言って――きみがまだ赤ん坊だというのに、行ってくれました。そして契約を結んですぐに、ほかのフェアリルとともに攫われて、亡くなりました」

「っ、血を、飲まされてたの？」

「いいえ。仲間が苦しむのを見かねて一緒に逃げようとして、賊に殺されたそうです」

だったらよかった、とほっとしかけて、殺されるのも苦しくないわけじゃないと思い至り、実羽は紫色の石をもう一度見た。しんと静かな、綺麗だけどそれだけの石。この下に眠る会ったことのない父親は、けれど、今までで一番、存在を実感できた。

（痛かった、よね。殺されるの）

たった十七年前に、それほどむごい事件が、たしかにあったのだ。

メネラウスは踵を返して背を向けた。

「当時の騎士団長というのが、アルギュロスの父ですよ」

「えっ？」

どきりとして、館に戻ろうとするメネラウスを追いかける。彼は立ちどまって半分だけ振り返り、冷たい目をした。

「アルギュロスの父の采配《さいはい》で、聖騎士団が街を離れた隙に、フェアリルたちは襲われました。アルギュロスはいわば、きみの父親を無意味に死なせた仇《かたき》の息子です」

「……」

「なぜアルギュロスを人質にしたのか、と聞きましたね。長年にわたる祝蝶の扱いについての詫《わ》びと、祝蝶を無防備に放置した償《つぐな》いとのために、彼のほうから息子を人質にしてくれと申し出があったからです。リスタリニアの騎士が祝蝶を失ったとなれば、長引く内戦に焦れた隣国の軍のどちらかが、攻めてこないともかぎらない。国民の憧憬《どうけい》と信頼の礎《いしずえ》でもある聖騎士をなくすわけにはいかないから、祝蝶の契約は続けさせてほしい、そのかわり、次になにか人間側に落ち度があれば、息子を殺してもかまわないと」

「そ……んな」

言葉がうまく出なかった。あんまりだ、と思う。

（なんで。全然、アルのせいじゃないのに）

アルギュロスの父親も、メネラウスもひどい。それこそモノみたいに関係のない子供を差し出したり受け取ったり――フェアリルがモノのように扱われるのは許せないと言うなら、人間だってモノみたいに扱うべきじゃないはずだ。

「アルギュロスが戻ってくるまでは四日でしたね」

実羽の呆然とした顔を見つめ、メネラウスは静かに言った。

「四日といわず、この機会に森に戻ってきなさい。体液のことは心配いらない、きみの伴侶にふさわしいフェアリルはもう考えてある」

「伴侶？」

なにを言い出すのかとびっくりして見上げると、当然のように頷かれた。

「さきほどお茶を運ばせた彼女はきみと二歳違いです。夫婦になるのにちょうどいいでしょう」

「そんなこと言われても、あのひとと会ったの今日が初めてだよ」

勝手に決めて進めてしまいそうなメネラウスの口ぶりに、実羽は焦った。

「それにあのひとだって、おれと結婚とか、嫌かもしれないじゃん」

「彼女も幼い頃はきみと遊んだことがありますよ。嫌がる理由がない」

「……だとしても、ほら、アルだって……おれに祝蝶になってほしいって、思ってるみたいだし」

好きだ、と言ってくれたのだ。ずっと待っていて、抱きしめてくれて、実羽を包み込むように大切にしてくれる。突然こちらに来て内心ひどく怖かった実羽に、大丈夫だと思わせてくれた。

なのにいきなり、望んでもいない相手と結婚しろと言われても困る。どんな決断をするにせよ、彼の不在中にはできなかった。

「今は、決められない。アルとも話したいもの」

「——なるほど。結局、あの男がいいのですね」

メネラウスはまたあの表情をした。憎悪が迸《ほとばし》る顔で睨まれ、ひくりと喉が鳴る。

「私はきみがアルギュロスの祝蝶になるのには反対です」

「……だったら、おれを見つけた日に、アルギュロスに渡さなければよかっただろ」

恐怖に震えそうになりながら、実羽はかろうじて言い返した。

「彼の怪我がフェアリルを守ってできたものでなければそうしていましたよ。傷を癒すのにはフェアリルの体液が必要だし、あのときのきみに残された時間がどれほどかもわからなかった。——でも、そうですね。無理にでも引き取るべきでした」

私が間違っていました、とメネラウスはため息をついた。

「念のための確認ですが、彼の血を口にしてはいませんね？」

「してないよ。それだけは絶対だめだって、言ってくれた」

「そうですか。それはよかった」

あまりよさそうには聞こえない声で言って、メネラウスはもう一度、刺さるような視線を寄越した。

「ですが、この先もやらないとはかぎらない。たとえ幼馴染みだろうと、人間など信じないことです。裏切られて傷つくのはきみなんですから」

言うだけ言って、メネラウスは先に立って歩いていく。

「森の中は安全です。フェアリルが書き溜めてきた文献もたくさんありますから、読めば私が正しいときみにもわかるでしょう。ゆっくり学びなさい」

後ろの実羽が足をとめても、メネラウスは気にした様子がなかった。見えなくなるのを待って、実羽は広場の端まで行き、木の根元に座り込んだ。

濃い緑の匂いと、土の香りがする。深呼吸すると胸の中が洗われるようだ。目に映る景色は穏《おだ》やかで美しい。

ここでお茶を飲んだり本を読んだりしたら、きっと気持ちがいいだろう。心が穏やかならさぞ楽しい気分で過ごせただろうに、聞いたばかりの血腥《なまぐさ》い話が、頭から離れなかった。

アルギュロスからも、平穏なだけの世の中ではないのだと聞いて、わかったつもりになっていた。フェアリルは狙われることも頭ではわかっていて、でもアルギュロスが好意を隠さず大事にしてくれるから、難なく馴染んでしまえるあたたかな世界だと、思い込んでいた。

でも違った。肉親が賊に殺されることもあれば、親が子供を人質として差し出したりもする、そういう――実羽が思うよりもずっと、シビアな世界だった。

くっきり指の痕が残った手首をさすると、細かく震えているのに気づく。そりゃ怖いよ、と実羽は自分を慰めた。

できれば全部メネラウスの作り話ならいい、とさえ思う。でも、メネラウスがあんなに壮大な嘘をつく理由は思い当たらなかった。十七年前の話を、アルギュロスは口にしなかったけれど、大筋はメネラウスの話と一致している。

でも、どうしてか、実羽はメネラウスの言葉を信じきれなかった。

人間を信じてはいけない、と彼は言うけれど、もしアルギュロスが実羽を騙《だま》す気なら、それこそ無理やり血を与えればよかったのだし、祝蝶のことだって、勝手に届けを出すこともできた。それに――。

（メネラウスは戻ってこいって命令したけど、アルは一回も、おれに命令してない）

無理強いしないどころか、好きだと言ってくれるのだ。あの眼差しが、声が、嘘だなんてとても思えない。

対してメネラウスは、命令するわりに、この一週間、一度も実羽に会いにもこなかった。

もしかしたら、実羽にはわからない、彼なりの理由があるのかもしれない。けれど、どちらを信じてそばにいたいかを考えたら、やっぱりアルギュロスだった。

四日後、街に戻ると言った実羽を、メネラウスは引きとめなかった。そうですか、と淡々としていて、実羽はちょっと拍子抜けした。

（あのひとがなに考えてるか、よくわかんないや）

門までひとりで向かうと、外には迎えの馬車が待っていた。来たときと同じ御者と護衛の男を見るとほっとして、実羽は馬車に乗り込んだ。

メネラウス以外のフェアリルたちはみんな優しく、滞在中に不自由がないかと気遣ってくれたし、誘われて一緒に食事をしたりもした。誘ってくれた中にはあのお茶を運んできた彼女もいて、穏やかで可愛らしいひとなのだとわかったけれど、実羽は心から笑うことができなかった。誰と話しても、話題は天候のこと以外は、結婚することと子供を持つこと、フェアリルの数をもっと増やさなければということばかりだったから、彼らもメネラウスが実羽の結婚相手にと考えているひとかもしれない、と思ってしまったのだ。

相手が言うことが本当かどうかとか、真意はどこにあるのかとか、敵意の有無に気を払いながら会話しなければならない四日間はひどく疲れた。

アルギュロスの屋敷に着くまで一眠りしたかったが、馬車の揺れはけっこう激しくて、寝るのには向いていない。

（……これがなければ、もうちょっとリラックスできたかもしれないけど）

実羽は下腹部を押さえた。昨晩まではぼんやりとした落ち着かなさだけだったのが、今朝からはっきり疼くようになった。まだ四日目なのに、身体が体液を欲しているのだ。尻から伝わる車輪の振動が、内臓にまで響くのが地味につらい。中にアルギュロスのものをおさめられ、小刻みに揺すられる感覚が蘇って、股間が湿っぽい熱を帯びてくる。

どうにか意識を逸らそうと、窓枠に頭を預けて目を閉じたが、いくらも効果はなくて、屋敷に着く頃には喉がからからに渇いていた。

アルギュロスが戻ってくるのは夜だろうか。それまで我慢しないと、と思いながら馬車を降りて、実羽はつながれた馬に気づいてはっとした。

濃い茶色の馬は、アルギュロスが乗っていったのと同じに見える。もう帰ってきたのかもしれない、と小走りになって、玄関のドアを開けた。

「アルッ……」

笑顔で呼びかけて、振り返った人物に声が萎む。アルギュロスと同じ聖騎士団のマントだが、彼ではなかった。

金に近い茶色の髪に青い瞳で、甘く整った顔立ちの男だった。年齢はアルギュロスと同じくらいか、少し上だろうか。垂れ気味の瞳が妙に色っぽい。彼は役者のようにばさりとマントを跳ね上げ、両腕を広げた。

「やあ、おかえりミウ。待っていたよ」

にっこりと微笑んで親しげに呼びかけられ、実羽は困惑して立ち尽くした。知らない人だ。いや、記憶がないから知らないだけで、もしかしたら知り合いかもしれないけれど。

ミウ様、と使用人長が寄ってくる。

「こちらはリスタリニアの王子で、アトルム様でございます。アルギュロス様もミウ様も留守だと申し上げたのですが、ここで待つとおっしゃられて……」

可哀想《かわいそう》に、使用人長は皺《しわ》のある額に汗を浮かべている。実羽はまじまじと、手を広げたまま立っている男を眺めた。

「王子様？　この人が？」

「いかにも、王子様だ。我が父が国王の弟でね、王にはお世継ぎがいないので、僕が養子になっている。見るからに次期王にふさわしいだろう？」

ふっ、と微笑みを浮かべ横を向き、アトルムはポーズを決めた。バランスの取れた身体つきも、色気のある甘い美貌も、たしかに王子様っぽくはある。が。

「王子様が、どうしてこちらに？」

「もちろん、僕がアルギュロスの友だからだ。こう見えても僕も聖騎士だしね。記憶がなくてもこれくらいは知っているだろう」

見せびらかすように裏が赤いマントを振って見せ、王子は近づいてきた。恭しく頭《こうべ》を垂れ、実羽の手を取る。

「アルの愛してやまないフェアリルが戻ってきたと聞いてね、ぜひ一度会わねばと、自ら馳《は》せ参じたというわけだ。光栄に思ってくれてもかまわない」

ちゅ、と手の甲に口づけられ、実羽はあわてて手を引いた。

「やめてください」

「おや、記憶がないと挨拶の仕方も忘れてしまうのかい？　手にキスするのはなにもおかしなことではないよ。あちらの世界でも普通なのだろう？」

　垂れた目を甘くたわめて、王子はさらに近づいた。抱きあえるほどの距離まで詰め寄られ、実羽は困って使用人長を見やった。だが、彼も困り顔で立っているだけだ。やはり王子相手ともなると、強引に突き飛ばすとか、制止するとかは不敬にあたるのだろう。

　じりじりと下がると、背中がすぐにドアについた。逃げられなくなった実羽の顔の脇に、アトルムは手をついて覗き込んでくる。

「翅が出ていないのに、たまらなく魅惑《みわく》的な蜜《みつ》の香りがするね」

「——ッ」

「フェアリルの森に滞在していたのに、誰とも口づけひとつかわさなかったのかい？」

　アトルムの口元にからかうような笑みが浮かぶ。実羽は精いっぱい顎を引いて、できるだけ遠ざかろうとした。

「アルが嫌がるから、そういうことはしません」

「きみもアルを愛しているのか。それは素晴らしいが、死んでしまっては意味がない。僕が潤してあげよう」

「いりません」

　腰に手が回って、実羽は身をよじりながらアトルムを押しのけようとした。だが、見た目以上に力が強くて、アトルムはびくともしない。遠慮はいらない、と囁く唇が耳元に近づいてきて、背筋がぞくっとした。

絶対に嫌だ。この人に抱かれるくらいなら、知らないフェアリルとキスしたほうがましだ。

もう一度、今度は思いきり抵抗しようと腕に力を込めたとき、ふいに背中に当たるドアの感触が消えた。

支えを失ってよろめく実羽の身体を、アトルムが抱き寄せる。嫌悪を覚えるまもなくその腕がほどけて、かわりに強く手をひっぱられ、実羽はわけがわからないまま顔を上げた。

「……アル？」

凍りつきそうな形相のアルギュロスが、剣をアトルムに突きつけていた。相手を見据えたまま、左腕でしっかり実羽を抱き寄せる。

「たとえあなたでも、ミウに触れるなら許さない」

怒気をはらんだ低い声に、肌がびりびりした。灰色の瞳は冷たく燃えていて、ひと睨みされたら実羽など腰が抜けてしまいそうだ。守るように抱かれていても怖いほどなのに、剣を突きつけられたアトルムのほうは、へらりと笑って両手を上げた。

「冗談だよ。きみは相変わらず面白みがないな」

「笑える冗談なら笑います」

「わかった、次に披露《ひろう》するときにはもっと面白い冗談を考えるから、剣はしまえ。きみのミウが怯えているからね」

今にも飛びかかりそうだったアルギュロスが、はっとしたように実羽を見下ろす。案じる視線に、実羽は小さく首を左右に振った。

「大丈夫……だけど、離してよ。ちょっと痛い」

肩に指が食い込んでいた。ぱっと手を離したアルギュロスは、剣を鞘《さや》におさめると、今度はそっと抱き寄せてくる。

「なにもされなかったか？」

「うん」

髪や頬に触れてくる大きな手が少し冷たくて、いつもはあったかいのに、と思うとくすぐったくなった。手が冷たくなるほど、怒ってくれたのだ。

にこ、と笑ってみせると、アルギュロスの表情もゆるむ。見つめてくる瞳がふわりと濃さを増し、とくんと心臓が鳴った。

（あ……キス、されそう）

唇と唇でキスするのは初めてだ。実羽も自然とまぶたを伏せて、受けとめようと顎を上げた——が、後ろで手を叩く音が響いて、びくっと振り返った。アトルムが見事なウインクを寄越す。

「愛しのフェアリルちゃんは空腹みたいだし、帰ってきたばかりでアルもがっついているのはわかるけど、僕の用事についても聞いてほしいね。それとも、二時間ほどあげようか？」

「い、いらないです」

あわてて実羽はアルギュロスから離れた。アルギュロスは露骨にむっとした表情になってアトルムを睨んだ。

「用事、明日じゃだめなんですか？」

いくらなんでも王子様にその言い方はないんじゃないの、と実羽が思うくらいにはどうでもよさそうな口ぶりでひやひやしたが、アトルムは頓着しなかった。

「明日でいいなら明日来るに決まってるじゃないか。ああきみ、お茶を用意してくれ。アルも、それからミウも、身体が平気なら座って話そう」

この屋敷には何度も来ているのか、アトルムは使用人長にお茶を頼むと、迷わずにサロンへと向かう。来客を迎えたりお茶を飲んだりするためのオープンな空間で、実羽の感覚ではホテルのカフェラウンジみたいな場所だ。

勝手に座ったアトルムの向かい、実羽はアルギュロスと並んで長椅子に腰かけた。メイドが二人、お茶を運んできて並べ、カップにそそいでくれた。一番にカップを取り上げたアトルムは、描かれた花模様を眺める。

「まったく、異世界に行けるというのは便利なものだと思わないか。僕ならフェアリルを愛玩《あいがん》動物のようにそばに置くとか傷を治すとかには使わないね」

「フェアリルは愛玩動物ではありません。神の残した奇跡です」

「奇跡であることは認めるよ。まあ、不自由な奇跡だが——きっと不自由なくらいがいいんだろう。なにもかも簡単に得られてしまっては、このカップのありがたみだって薄れる」

彼の手にあるカップはごく変哲のないものだ。花の絵がついた、どちらかといえば素朴なかたちをしている。

　話が全然見えなくてアルギュロスに目を向けると、彼は小さくため息をついて教えてくれた。

「フェアリルは別の世界に行けるだろう？　帰ってくるときには、こちらの世界にないものや知識を得てくることが多いんだ。フェアリルが許してくれれば、持ち帰ったものは専門の機関で調べて、似たものが作れるようにすることもあるし、教えてもらった知識をもとに、新しい建物を建てたり、新しい習慣が根づくこともある。ミウの着ていた服も、機関に渡した。——すまない」

「制服はべつにいいよ」

　特別思い入れがあるわけじゃない。実羽は自分もカップを手にした。

「じゃあ、このカップのかたちとか材料も、フェアリルが持って帰ってきたものを参考にしたってこと？」

「そのとおりだ。アルの愛するフェアリルは頭がいいね」

　微妙に馬鹿にしているようにも聞こえる褒め方をして、アトルムはお茶を飲んだ。実羽もお茶を飲んで、サロンの端で控えているメイドへと目を向ける。

「あの人たちが着てる服も？」

「ああ。見た目もいいし、エプロンは機能的だ。かたちを変えて、街の人々も愛用している」

「じゃあ、もっと大勢のフェアリルがあっちの世界といっぱい行き来したら、それだけいろんな知識が手に入るんだ？」

「理屈ではそうなるが」

　アルギュロスは首を横に振った。

「異世界はフェアリルにとっていいことばかりではないようだ。過去には帰ってこれなかったフェアリルもいるというし、ミウが行ってしまう前は、何十年も異世界に渡った者はいなかった」

「……そうなんだ」

フェアリルが知識を運んでいるなら、もう少し現代的なものがあってもいいのに、と思ったのだが、世界を渡るのは気軽な行為ではないらしい。

お茶を飲み干したアトルムは焼き菓子を口に放り込み、うまそうに食べる。

（嫌な思いをしたり、暴力を受けちゃうこともあるって、メネラウスも言ってたもんな）

「この焼き菓子だってフェアリルの知恵だ。フェアリルにしてみれば、危険をおかすのは自分たちなのに、得たものを人間に横取りされるようなものだからね。嫌にもなるし、ましてや今は長がメネラウスだ。僕が忠告に行っても追い返されるのは仕方ないと思ってるけど」

「忠告？」

アルギュロスが眉をひそめる。アトルムはかるく頷いた。

「実は、首都の聖騎士の屋敷に賊が侵入したんだ。幸い祝蝶は無事だったが、国境近くの街でも、祝蝶を狙った襲撃が続いている。隣国では兄の陣営の旗色が悪くなったとかで——なにがなんでもフェアリルがほしいのかもしれないね」

「首都にしろ国境近くにしろ、以前から警備はしているでしょう」

「それでも襲ってきてるんだ。この街はフェアリルの森のすぐそばだ。街自体を警護してはいるが、いつまで安全かはわからない。場合によっては森に忍び込もうとする輩だっているかもしれないからね、昨日メネラウスを訪ねたけど、見張りの兵士は断られたよ。フェアリルで間に合ってるって」

まあ彼が頑《かたく》なになる気持ちもわかる、とアトルムは肩を竦めた。

「弟を二人も亡くしたのではね」

「……もしかして、十七年前に？」

無言の頷きが返ってくる。その話は一言もメネラウスから聞かなかった。口にできないほどつらい出来事だったのだろうか、と思うと心が痛んだ。

「僕は賢明《けんめい》で心優しい王子だから、断られても森に続く街道に兵士を配置してあげようと、今日はお仕事をしてるというわけ。ついでにアルにも共有しておこうと思って寄ったんだよ」

意味ありげな表情で、アトルムはアルギュロスに視線を投げかけた。

「賢明で心優しい王子としては、どうにも、嫌な感じがする。ずいぶん的確に聖騎士の館が襲われているからね。毎回聖騎士が不在だなんて、盗賊どもの運がよすぎるじゃないか」

含みのある言い方に、実羽は首をひねった。——どういう意味だろう。

アルギュロスのほうは冷静に頷いた。

「わかった。気をつけておきます」

「頼むよ。ついでにちょっと、ミウにキスさせてもらえば僕の用事は終わるんだが」

「はあ!?」

びっくりして思わず大声を出してしまったが、アトルムは軽蔑する視線にもにこにこと笑う。

「だって疲れているんだよ。実は昨日から働きどおしでね、癒しがほしいなあ、なんて」

あんただって聖騎士なら祝蝶がいるだろ、と言うより早く、アルギュロスが立ち上がった。実羽の手を取って、冷ややかに王子を一瞥する。

「とっとと帰って寝ろ」

「残念だなあ。ミウの肌は触れただけでも気持ちがいいし、とてもいい匂いがする。キスをしてもさぞおいしいだろうと思ったんだけど」

「――帰れ」

すうっとアルギュロスの声が暗さを帯びて、実羽は急いでつながれた手をひっぱった。

「ほ、ほんとになにもされてないから。二階に行こうよ。アル、着替えてもないだろ」

相手は王子で、会話の感じからして、アルギュロスとは親しそうだった。喧嘩《けんか》になったら困る、と必死で手を引くと、アルギュロスは剣呑《けんのん》な目つきのまま見下ろしてきた。無言のまましばらく実羽を見つめ、大股で歩き出す。

肩越しにアトルムを振り返ると、彼はにやにや笑って手を振っていた。たぶん、アルギュロスをからかって遊んでいるのだ。怒らせてなにが楽しいのかと呆れつつ、アルギュロスの歩調にあわせて小走りになると、アルギュロスは階段の前で実羽を抱き上げた。

「ちょっ……やめてよ、アトルムも見てるのに！」

「関係ない」

「歩けるってば！」

「もう昂《たかぶ》ってるくせに、無理をするな」

不機嫌に言い捨てられて、ぐっと言葉を呑み込む。

（……どうせ昂ってるよ。しょうがないじゃん。フェアリルってそういうものなんだから）

朝からつらかったのだ。それでも誰とも触れあわずに、メネラウスの命令も無視するかたちで戻ってきたのに、そんな言い方をしなくてもいいじゃないか。

悲しい気分で唇を噛んだ実羽を、アルギュロスはベッドに下ろした。剣とマントを外しただけでのしかかられ、さっと肌が熱を持つ。アルギュロスからは土の匂いと彼自身の匂いとがして、たちまち性器が反応してしまった。

服の上から股間に触れ、アルギュロスは唇の端を歪めた。

「いつから勃《た》ってる？　アトルムに抱き寄せられたときか」

「っ……なんで、そんなこと言うの」

「いい匂いがするってアトルムが言っていたな。肌が気持ちいい、とも。どこを触られた？」

性急に服をまくり上げられ、腕と頭を抜き取られる。抵抗しようと脚をばたつかせても、下着まで簡単に取り払われて、実羽は呆然とアルギュロスを見上げた。

怖い。

「――触られた、のは、手だけど。普通の挨拶だからって」

「……まさか、口づけられたのか？」

灰色の瞳が鋭さを増し、実羽は竦んで動けなかった。アルギュロスは舌打ちする。

「あれが普通なわけあるか。……くそ、はしたない」

吐き捨てるように言われ、ざくりと胸が裂けたように痛んだ。

（はしたないって……だって、あっちがしたことなのに）

急激に抗う気力が失せて、なすがまま、手を持ち上げられる。アルギュロスは舌を指に絡めて舐めた。指の股をにゅるりとこすられ、肘《ひじ》まで震えが走る。

「んっ……」

「ミウは手も感じやすいのか。では、二度とアトルムには触らせるな」

怒りの滲む声で言いながら、アルギュロスは手のひらにも舌を這わせてくる。敏感な真ん中あたりをくるくると舐められ、実羽は見ていられずに顔を背けた。

「わかった……わかった、から、もう――」

「もう？　俺にされるのは嫌か」

ぴりりとまた、アルギュロスは殺気立ったようだった。思わずきつく目を閉じると、深いため息が聞こえてくる。

「そうだな。ミウは、飢えてるんだった」

ベッドを軋《きし》ませ、実羽の上に覆いかぶさったアルギュロスは、鼻先を実羽のうなじに埋めた。深く息を吸われて、嗅がれているのだ、と思うと悲しくなった。

「六日あけたときより匂いが強いな。――おまえの匂いは、蜜より甘い」

「や……嗅がな、いで」

人の欲望を煽るという、フェアリルの匂いだ。アルギュロスも豹変《ひょうへん》するのだろうか、と思うとぞっとして、実羽は身をよじった。重たくて大きい体軀《たいく》が恐ろしい。

「いい匂いだ」

実羽の抵抗など気にもならないのだろう、アルギュロスはもう一度深呼吸し、耳の裏に唇をつけた。強く吸われて、ちりっとした痛みが走る。

「い……っ、ぁ、……は、ぁっ」

ひりつく場所をねっとりと舐められ、少しずらした場所をまた吸われる。痛みはすぐにさざめくような刺激に変わり、実羽は何度も踵《かかと》でシーツを蹴った。恐怖と裏腹に、ずぅんと下腹部が重たくなっていく感覚は、明らかに射精の前兆だった。

「気持ちがいいな、ミウ」

無意識に腰をこすりつける実羽の仕草に、アルギュロスが低く笑った。

「それでいい。もっと尻を振って達ってみろ」

「いや、だ……っ、アッ、や、……ぁ、あ、アッ」

こりっと乳首をつままれて、実羽は大きく仰《の》け反《ぞ》った。鈍痛《どんつう》に似た快感が走り抜け、呆然とする。

(なんで……なんで、前より、気持ちいいの……？)

声を我慢できないほど悦《よ》かった。両方の乳首の周りを撫でさすられれば、鼻にかかった吐息が漏れ、強弱をつけてひっぱられると、びくびくと腰が動く。

「上手だ、ミウ」

耳の中に舌を差し込んだアルギュロスが囁いた。褒められているのに嬉しくなくて、むしろ悲しかった。

　こんな抱かれ方は嫌だ。アルギュロスは服を脱いでもいない。せめてもう匂いを嗅がないでほしいのに、アルギュロスは耳から首筋へと舌を這わせ、掠れた声で囁いた。

「達きそうだろう？　匂いでわかる」

　言いざま、大きく口が開けられた。硬い歯が皮膚に当たり、実羽は目を見ひらく。

「やっ、いや……っ、待っ、噛まな、……ッ、あ……ッ！」

　歯が皮膚に刺さる鮮烈な痛みと同時に、実羽は弾《はじ》けていた。いつになく大きく身体が跳ね、痙攣するようにして吐精する。

「ひ……っ、ん……っ、……っ」

　たっぷりとアルギュロスの服を汚し、なおも先端をこすりつけてしまいながら、首筋に這う舌の感触に泣きそうだった。血が。きっと血が出て、飲まれてしまった。

「や……アル……っ、やだって、言った……っ、血……っ」

　震えて涙を浮かべる実羽が本気で怯えていると気がついたのか、アルギュロスはやっと顔を上げた。

　実羽の目を見つめ、宥めるように頭を撫でる。

「数日痕は残るかもしれない。でも、おまえが俺の血液を飲んだわけじゃない。大丈夫だ」

　全然大丈夫じゃない。達したばかりで力の入らない拳《こぶし》で、実羽はアルギュロスの腕を叩いた。

「嘘つき……っ、き、傷つけないって、言ったくせに！　おれの意思を尊重するって……決めて、いいって、言ったくせに」

泣きたいのに泣くのは悔しくて、必死にアルギュロスを睨みつけると、彼は居心地悪げに視線を逸らした。

「尊重はする。でもおまえにほかの人間が触れたと思うと、許せないんだ」

四日前、彼が出かける前までは甘く聞こえていたセリフが、今は身勝手に響く。アルギュロスは実羽をちらりと一瞥し、言い訳のようにつけ加えた。

「それに、胸騒ぎがする」

「……胸騒ぎ？」

「ミウが奪われてしまいそうで――また俺の前から消えてしまいそうで、怖い」

（――どうして）

愕然と、アルギュロスを見つめるしかなかった。

どうして、古田と同じことを言うんだろう。おまえのせいだ、と言った彼と、これでは同じではないか。

「悪かった。気持ちよくするから」

詫びのつもりか、アルギュロスは頬に口づけてくる。二度キスしてベッドを降り、服を脱ぐ気配を、実羽はみじろぎもできないまま感じていた。

裸の肌が重なっても、ほっとできない。力の入らない身体を抱きしめられ、優しく胸に口づけられて、実羽は顔を覆った。容赦《ようしゃ》なく乳首をくるみ込む、熱い舌の感触がせつない。感じたくないのに、吸われれば覚えてしまった快感が胸から広がった。

「……ぅ、……っん、」

アルギュロスは濡れた乳首を指でつまむと、優しくひっぱってはくりくりと転がす。最初のうちはそれでも我慢できたけれど、再び口に含まれるとびくんと身体が波打ち、勃起してきてしまう。下半身に集まる熱を逃そうと、実羽は力の入らない膝を立てた。そこに、アルギュロスの手が這う。しつこく乳首をくわえたまま、膝裏から太ももへと撫でられて、実羽は呟いた。

「も、触ったりとかいいから……早くして」

そう言えばアルギュロスがまた誤解するだろうとわかっていた。我慢ができず精液をねだっているのだと思われてもかまわないから、少しでも早く終わりにしたい。

「そうだな。挿れてからたくさん可愛がろう」

最後にもう一度乳首を吸って、アルギュロスは実羽に腰を上げさせた。曲げた膝を胸のほうへ引きつけ、尻孔が見やすいポーズで入り口をほぐすのだ。まぶたを閉じてシーツを摑んだ実羽は、予期していたのと違う感触にぎょっとして目を見ひらいた。

「っ、な……や、アルッ、なにして……ん、ぁ、……ッ」

ぬるりともぐり込んだのは舌だった。端正な顔が股間に埋まって、ちゅくちゅくと音をさせながら窄まりに舌を出し入れしている。視覚で感じるいかがわしさと、指よりもやわらかくて熱い異物感に、全身がぞくぞくした。

「舐め、んなよ……っ、あ……っ、は、……ぁ、く……っ」

こんなの辱めだ、と思うのに、眼裏《まなうら》がちかちかするほど強烈な快感だった。窄まりだけでなく、内側の襞までひくついて、蕩けそうになる。舌を抜いたアルギュロスは、息づく孔を指で左右に広げた。

「ミウのここは舐められるのが好きそうだ。ちょっと舐めただけでほら、こんなにひらく」

「いや、……ッ、あ、ア、……っ、あ、……ッ」

無理に口を開けさせられた中へと、再び舌が差し込まれる。限界まで入れて上下に動かされ、背中までシーツから浮いた。反り返るようにして痙攣するのにあわせて、どっと精液が噴き出す。

「――ッ、は、……ッ、は、……んっ」

少ない精液が出きってしまっても、絶頂感が薄れない。休みなく揺れる舌が体内を刺激する。ぬめぬめした熱さを感じるたびに、意識が遠くなるような気がした。数回、つっぱるように身体を反らせた実羽は、舌を抜かれてやっと脱力した。

息がうまくできない。余韻で腹がひくついて、手足がひどく重かった。

浅く荒い息をしながらぐったりした実羽を目を細めて眺めたアルギュロスは、硬い己をあてがうと微笑んだ。

「性交にもだいぶ慣れたみたいだ。今日は今までよりも奥まで入れて、そこを潤してやる」

「……っ、ぅ、……ぁ、」

いやだ、という言葉は声にならなかった。脱力して無抵抗な腰を摑まれ、切っ先が入ってくるのを受け入れるしかない。硬く太いものにびくりと下腹が痙攣したが、それでも実羽の筒はあっけなくアルギュロスを呑み込んだ。

「ぁ……っ、ふ、ぁっ、……ッは、……ん、ぁ、あっ」

雄蕊《ゆうずい》が進むにつれて、肉襞が溶け崩れていくようだった。内臓を変形させられる不快感はもはやなく、じっくり埋まってくるのがただ快感だ。わずかに引いて、ずん、と打ち込まれれば、きんと意識が痺れた。

「は……ッ、ん、く……っ、あ、……ッん、んっ」

「ミウ。声を我慢するな。達きたければ何度達ってもかまわない」

実羽を揺すり上げ、アルギュロスは太ももを撫でてくる。

「我慢するほうがあとで疲れてしまう。これからミウの好きな奥を突くから、喘いで、楽にしてろ」

「ん、おく……や、だ……っ、はや、く……っ」

達しすぎたのか、視界がぶれて目眩《めまい》がする。うまく焦点があわない目でアルギュロスを見上げると、体内の分身がぐんと大きさを増した。

「ぁ、だ、めっ……ん、く……ッ」

「ミウはおねだりがうまいな。弾けるかと思ったぞ……」

眉をひそめたアルギュロスが、しっかりと腰を掴み直す。

「焦らなくても、一度目はすぐだ。よく濡らして、それからゆっくり奥壁をほぐそう」

「おく、へき……？　ッ、あ、……ひ、……ッあ、あッ」

実羽の質問には答えず、アルギュロスが強く腰を使った。

えぐられるような衝撃に続いて、腹の深い場所がじんと疼く。続けて動かれると、膜を圧迫されるような、行き止まりを突かれているような感覚がした。

「っ待っ……、そこ、……くる、し……、あッ、は、ぁ、んっ」

「気持ちいいだろう。奥壁だ」

じっくりと押し込んで、アルギュロスはへその下あたりを撫でた。

「ミウは小さいから、いずれこのあたりまで入れてやれると思う。でも今日は、この行き止まりのところを慣らそう」

愛おしげに指で撫でられた位置に、実羽は震えて喉を鳴らした。そんなの、絶対無理だ。入らない。

「むり……、こ、こわれる……っ」

「壊れない。きっと気に入るぞ」

にこ、と妙に嬉しげに微笑んで、アルギュロスはこするように幾度も奥壁に先端を押しつける。

「思ったとおり、ここもどんどんやわらかくなってきた。ミウは受け入れるのが上手だ」

——これで、褒めているつもりだろうか。

（なんでおれがいやらしいみたいなことばっかり言うんだよ……）

優しい、陶然《とうぜん》とした声なのがいっそう悲しかった。アルギュロスがなんだか自分から遠ざかったようで、信じたいと思った気持ちまで、踏み躙《にじ》られてしまった気がする。

もう精液なんかいらない、と言いたくてぎゅっと唇を噛んだ途端、アルギュロスが動いた。腰を引き、ぐちゅん、と音を響かせて突き入れる。

「——っぁ、……ん、……ぁ、あ、……ッ、あ……っ」

破れてしまいそうな、痛みと紙一重の衝撃。これより奥なんて無理だし嫌なのに、そこが歪むほど突き上げられるのは強烈な快感だった。

「は……っひ、……っぁ、……あ、ぁ……ッ」

穿《うが》たれるのにあわせて、宙に浮いた足ががくがくと揺れる。性器は萎《な》えたままなのに、普段はゆっくりと込み上げる絶頂の予感が、あっというまにせり上がったかと思うと、身構えるまもなく頭が真っ白になった。

「――っ、……ぁっ、――ッ！」

「後ろだけで達けたな、ミウ」

愛しげに言って、アルギュロスは震えて閉じようとする襞を硬い雄でかきわける。

引いて、突いて、引いて、突いて。焼け爛《ただ》れたように感じる奥壁を穿たれ、ほどなくそこから漏れ出すような感覚が広がった。アルギュロスが射精したのだ。

（いっぱい、かかってる……どろって……あついの、が）

アルギュロスは眉根を寄せて最後まで放つと、大きく息をついて実羽を抱きしめてくる。

「ミウ。――俺の、ミウ」

頬ずりされると結合部が、飲み込んだ内部が、ごりごりとこすれた。同時に心が削り取られていくようで、実羽はゆっくり視界を閉ざした。

心臓が早鐘を打っていて、指先まで熱を帯びてだるい。絶頂の余韻はまだ身体の芯に巣食っていて、腸はアルギュロスの分身にひくついている。濃厚な快感に浸ったまま、けれど、胸に広がっていくのは黒い不安だった。

アルギュロスが怖い。彼の真意が、本当の気持ちが、わからない。

彼のことは信じてもいい、と感じていたけれど――本当に、信じていいのだろうか。

好きだと言ってくれたのも、ただフェアリルの匂いにあてられただけだったら？

人間など信じるべきではないと言ったメネラウスのほうが、本当は実羽のことを思ってくれているのかもしれない。

（――なんで。どうしておれは、思い出せないんだ）

記憶さえ戻れば、誰を信じればいいか、迷うまでもないはずなのに。


冷たい水が、火照《ほて》った頬に心地よかった。

手のひらで掬《すく》って数回顔を洗い、実羽は袖で拭って顔を上げた。

アルギュロスの屋敷の裏庭の、隅にある四阿《あずまや》だ。

大きな水瓶が三つ置いてあって、中には共同の井戸から使用人が汲《く》んできた水が溜めてある。普段はメイドが寝室まで小さなたらいを持ってきてくれるのだが、早朝に顔を洗いたいと思い立つと、こうして外まで出てこなければならない。

（……水道の仕組みとか、もっと勉強しておけばよかった）

知らずに漏れてしまったため息が深くて、実羽は四阿の柱にもたれて庭を眺めた。

花が植えられた表側も十分広いが、裏庭は圧倒的に広い。ただ、見た目は重視されておらず、菜園と馬小屋、馬をかるく走らせる小さな馬場のほかは、がらんとなにもない砂地のスペースがあるだけだ。

　早朝とは言っても、使用人たちはすでに働いている。馬の世話をしたり、厨房《ちゅうぼう》で料理をしたり、主《あるじ》が起き出す前に食堂やサロンを掃除したりと、いつも忙しそうだった。

（毎日あんなに働いて、疲れてるはずなのに、みんなちゃんとやってるんだもん。おれだって、エッチなことされてへばってる場合じゃないよな）

　そう言い聞かせてぺちん、と頬を叩いて、実羽は柱から無理に背中を離した。ふらふらするとか、下半身がだるいとか言っていられない。

　昨夜――二度どころか三度も中に出されて、ようやく解放されたあと、決めたのだ。自分でできることは自分でやろう、と。

　もう小さな子供ではない。七歳なら庇護《ひご》され、教えてもらうしか術《すべ》がなくても、今なら誰かに頼りきりにならなくても生きていけるはずだ。なにもわからないからと萎縮してばかりでいたくなかった。

（自分で調べたり、ほかの人と話したり――こっちでの暮らし方だけでもわかったら、メネラウスに命令されても断れるし、アルがいなくても、やっていけるかもしれないもの）

　頼らざるをえないと、相手を信じるしかなくなる。信じた挙句にその判断が間違っていたと思うのも、裏切られたと感じてしまうのも、二度と嫌だった。

　異世界に放り込まれるのはこれが初めてじゃないはずなのだから、今回は間違えたくない。

そのためにもまず、今日はひとりで街に出かけてみるつもりだった。

街の人といろんな話をしてみたい。できたら隣国で続いているという内戦の話だとか、盗賊の被害はどういう頻度《ひんど》で起きているのかとか、あちらの世界と同じものはどれくらいあるのかなども知っておきたかった。

アルが起きる前に出かけないと、と思いながら持ってきたフードつきの上着を羽織り、表門へと近づく。誰にも見られていないのを確認して外へと出て、実羽は腹を抱えて浅く息をついた。

（うー……しんどい……。苦しい……）

痛いような、まだ欲望が燻《くすぶ》っているような、変な感覚だ。胃のあたりが重たい感じは食べすぎたときにも似ていて、フェアリルって本当に不便だと実羽は思う。体液を摂取しても四日も経てばつらくなってくるし、摂取した翌日は余韻が抜けずにだるいのだ。まともに動けるのは七日のうち三日くらいしかない。

（そりゃメネラウスが体液摂取しないって決めるわけだよな）

キスだけなら翌日つらくはなさそうだが、それでも飢えたときの感覚とは無縁ではないだろう。キスなら毎日すればいいかもしれないけど、と考えつつ、実羽は塀に寄りかかって疼きが薄れるのを待った。

少なくとも、祝蝶はたいてい、同じ思いをしているはずだ。メネラウスの話を聞くかぎり、人間はフェアリルを抱きたがるのだろうし、それはいかにもありそうな事態に、実羽にも思える。十七年前には悲しい事件まであったのに、現在でも人間のそばにいることを選ぶフェアリルがいるのが不思議だった。

　街にいるフェアリルの話も聞けるといいけど、と思いながら目を閉じかけると、大きな音をたてて門が開いた。

　ぎょっとして振り返ると、血相を変えたアルギュロスが飛び出してくるところで、実羽は奥歯を噛みしめた。見つからないよう出かけるつもりだったが、こうなったら仕方ない。

「ミウ！　ひとりでなにしてる？　こんな時間に――」

「ちょっと出かけたいだけ。ほうっておいて」

　険しい表情のアルギュロスはやはり少し怖かった。それでも実羽は伸ばされた手を振り払った。アルギュロスはいっそう眉根を寄せる。

「屋敷にこもりっぱなしなのが退屈なのはわかるが、あまり調子がよくなさそうだ。せめて朝食くらい食べて、少し休んでから出かけよう」

「平気。街にはひとりで行く」

「ひとりはだめだと前に教えただろう。危ないんだ」

「だからちゃんとフードつきのを着てきたよ。髪を隠せば平気だろ。それに、人目のあるところで襲われたりもしないと思う」

「外にいるあいだ、ずっと人目があるわけじゃないぞ。俺も行くから、支度するまで待ってくれ」

　アルギュロスは手を掴んできて、実羽は腰を引いて抗った。

「やだ。アルが一緒じゃ、意味ないから」

「――意味がない？」

訝しげになったアルギュロスの力がゆるみ、実羽は解放された手を胸元で握りしめた。

「アルに教えてもらうだけじゃ、だめだと思うんだ。メネラウスに聞くだけでもだめで、自分の力で、この世界のことを知らないといけない気がする」

「いけなくはないだろう」

「だって、今のおれにわかるのって、アルとメネラウスに聞いたことだけだよ。もし嘘でも、間違ってても、気づくこともできない。頼りっきりになるのは嫌だ。――自由にさせてくれないなら」

この言い方は卑怯だとわかっていて、実羽は吐き出した。

「おまえの祝蝶には、ならないから」

一瞬、アルギュロスが動揺したのが伝わってきた。さあどう出る、と実羽は身構えたが、アルギュロスは数秒で落ち着きを取り戻し、「わかった」と頷いた。

「祝蝶にはなってくれなくてもいい。それでも、ミウをひとりにはできない」

「……そ、そんなのずるいだろ！」

「ひとりにはできないが、俺は付き添うだけで、聞かれないかぎりは口出しはしないということで、我慢してくれないか。どこでも、ミウの行きたいところに連れていく」

真摯《しんし》な口調に、実羽のほうが言葉につまる。ずるいよ、と思う。下手に出られると、強気で突っぱねるのは難しいのに、狙ったみたいにこんな言い方をするのだ。

まだ疼く腹を押さえて、実羽はため息をついた。

「じゃあ、買い物させて」

「………買い物？」

意外だったのか、アルギュロスの目が丸くなる。実羽は頷いた。

「お金の単位もわからないから、買い物してみたいと思ってたけど、おれ持ってないだろ。今日はできないなと思ってたんだ。アルが一緒なら、お金も持っていける。……借りることになっちゃうけど、いつかちゃんと返すから」

「なるほど」

一歩足を後ろに引いて、アルギュロスは実羽を促すように手を差し伸べた。

「おいで、一度戻ろう。髪はフードで隠すより、布を巻いたほうがいい。金は三回もミウに癒してもらった謝礼だと思ってくれ。祝蝶には給金が出るものだから、それと同じだ」

「そうなんだ？　……じゃあ、うん。わかった」

今度は摑まれなかった、と思って、実羽は手首をさすった。遠慮したのだろうか。

思えば最初からやたらと触られたから、これでようやく普通の距離感になったわけだ。今までがべたべたしすぎだったもんなと考えつつ、どうしてか、胸の中がすうすうした。

愛されているのだと実感できて舞い上がるように嬉しかったのは、ついこのあいだのことだ。なのに、あの幸せな心地から、ずいぶん時間が経ってしまった気がする。決して強引にされたいわけじゃないし、嚙みついたことは許せないと思うけれど、それでも、なにも疑わずに甘い気持ちで過ごせた日々が恋しい。

あんなに幸せだと感じられたのは、記憶にあるかぎり、生まれて初めてだった。
むずむずして恥ずかしくて、その羞恥すら甘く思えた、あの感じ。
（……もう、アルとはあんなふうには、過ごせないのかな）

守護の山脈を貫く長い天然のトンネルを抜け、砂に巨石が転がる殺伐《さつばつ》とした景色へと出て、ゆるやかなアップダウンの続く道を四十分ほど進むと、行く手に岩とは違うこんもりとしたものが見えてくる。さらに二十分近くかけて辿り着くと、そこが目的のオアシスだった。

ヤシの木に似た植物をメインに、変わった木々がまとまって生えている。木々の手前では、白っぽく色の変わった道に沿って、大勢の人が休んだり、店を広げたりしていた。

ござのようなものを広げた店のひとつで目当ての果物が並んでいるのを見つけ、実羽は馬を降りると駆け寄った。

「すみません、これ、二つ……いや、三つください」

指さしたのは、パイナップルにそっくりな果物だ。食べると濃厚で甘い。日本でもパイナップルは好きだったのだが、断然、こっちの世界のほうがおいしい。

「アニャを三つも買うなんてよほど好きなんだねぇ」

おいしいところを選んであげようね、とにこにこした中年の女性は、後ろから近づいてきたアルギユロスを見ると納得したような顔になった。

「護衛さんと一緒なら、騎士様のお屋敷でおつとめかい？」

「……はい、まあ」

　実羽は愛想笑いした。アルギュロスは目立たないようにと、マントなしの軽装だ。頭には実羽とお揃《そろ》いの布を巻いていて、銀髪はほとんど見えない。剣は普段どおり下げているが、騎士には見えなかったのだろう。女性はうんうんと頷く。

「フェアリル様はアニャが格別お好きだもんね」

「え、そうなんですか？」

　森ではパイナップル、もといアニャは出てこなかった。つい訊いてしまってから、知らないのは変だろうかと焦ったが、女性は不審に思った様子もなく大きな口を開けて笑った。

「そりゃそうさあ。アニャは砂漠の果物だもの、フェアリル様にはふるさとの味なんじゃないのかねえ」

　後ろから顔を近づけたアルギュロスが小声で囁いた。

「ミウも好きないつもの焼き菓子。あれにもアニャが入ってる」

「ああ、あれ！」

　おいしくてつい食べすぎるおやつだ。店の女性は手際よくいくつかのアニャをひっくり返して、三つ選んでくれる。

「うちのはみんなこの近くで採ってきてるからね。新鮮でおいしいよ。フェアリル様にもよろしく伝えとくれ」

「わかりました。おいくらですか？」

革の袋を取り出すと、女性は赤貨《せきか》八枚だよ、と指を立ててみせる。赤い石のお金のことだ。

「ほんとは九枚だけど、おまけしてあげる」

「すみません、ありがとうございます」

豪快な雰囲気の女性の笑顔が嬉しくて、実羽もつられて笑い、お金を払って果物を受け取る。アルギュロスの持つ大きな布袋に入れて、自分で持とうとすると、すっと遠ざけられた。

「俺が持つ。ほかにも見て回りたいだろう。ミウが持って歩くには重い」

「――ありがと。ほんとに街の市場より、こっちのほうが安いんだね」

今朝、こっそり出かけようとしたところを見つかったあと、最初に行ったのは市場だった。買い物をするならここがいい、とアルギュロスが教えてくれた市場はたくさんの野菜や果物、肉や調理道具、はては服までが売られていた。

興味深く眺めながら歩いているうちに見つけたのがアニャだ。すぐに食べられるようカットされたものを試しに買ってみると、今まで食べたパイナップルよりもはるかにおいしかった。感動していたら、アルギュロスがオアシスにいけば安く買えると教えてくれたのだった。

馬に乗ればそう遠くないと言うから、だったら、と来ることにしたのだ。

二時間ほど離れただけでも、街とはずいぶん雰囲気が違う。砂漠と言うからもっと暑いのかと思ったが、乾燥しているものの、耐えきれないほどの気温ではなかった。向こうの世界の「砂漠」とは気候が違うのか、袖を短くしている人も多い。木陰には馬や、もっと小さなロバのような生き物がつながれていた。

「……意外と、旅人は少ないね」

神殿を目指して旅する人たちは長い灰色のマントを羽織っているとさっき教えてもらったのだが、目につくのは軽装が多い。アルギュロスが木立の奥を指さした。

「この時間は移動している旅人が多いからな。いるとしたら、オアシスの中にある建物のほうだろう」

密集した木々のあいだに踏み込み、少し進むと、すぐにひらけた場所に出た。

オアシスは木に囲まれている場所だと実羽は思っていたのだが、背の高い木があって草が茂っているのは手前のほうだけで、広場の大半は乾いた砂の地面だった。奥側には木のかわりに、石造の小屋が並んでいる。

「あの小屋が宿になってる」

「宿ってことは、泊まれるの？」

街から日帰りできる場所なのに、宿なんて需要があるのだろうか。

「わざわざオアシスに泊まらなくても、街のほうが安全じゃない？」

「ここから次のオアシスまでは徒歩だとぎりぎりの距離だ。夜は魔物が多くて危ないから、夕暮れまでに比較的安全な場所に着いていなければならない。馬を持たない者には大事な宿泊場だ」

「それにしては、どの宿も小さいよね？」

「見せてくれと頼めば、下に案内してくれる」

「下？」

よくわからなかったが、アルギュロスに教えてもらうばかりでは意味がないと、実羽は端の小屋のドアを開けてみた。

いらっしゃい、と迎えてくれた男性は白い肌に赤毛のがっしりした人だった。実羽の後ろに立つアルギュロスを見上げ、なにか言いかけてから、納得したように頷いたのは、また騎士の屋敷の護衛と使用人だと思ったからだろう。手を揉む仕草をしつつ、実羽に向かって訊いてくれた。

「泊まりかい？　休憩？」

「え……えっと、ちょっと見せてもらいたくて」

ラブホテルみたいだな、と思わず赤くなったが、男性のほうは気安く頷いた。

「いいよ、ついといで」

鍵《かぎ》を手にした男性は小屋の隅に向かう。床には四角く穴があき、階段が地下へと伸びていた。アルギュロスを振り返ると、無言で「大丈夫だ」というように頷かれて、実羽はこわごわと男性に続いて階段を降りた。

暗い階段を抜けると、地下の狭い空間の先には、なぜか明るくて白い場所がある。出てみると、上が吹き抜けになった地下通路のようだった。通路に面していくつも窓やドアが並んでいて、突き当たりまでは百メートルほどあった。どこからともなく、談笑する声が響いてくる。

「うちは右側の列だ。奥まで全部、二十部屋ある。空いているのは三番、七番、十番の三つだから、好きに見ていいよ。気に入ったらそのまま使ってくれてかまわない。二時間経っても戻ってこなかったら集金に行くから」

鍵を手渡して、男性は小屋に戻っていく。実羽は感嘆のため息をついた。

「地下が、街みたいになってるんだ……」

「このオアシスは、ほかの水場と同じく灌木《かんぼく》がある程度だったのを、長いあいだかけて整備したんだ。木を密集させて獣が寄りつかないようにして、襲われにくい地下を作り、旅人が休めるようにした。少数だが、住んでいる人間もいる」

空いていると教えられた部屋を開けてみると、広くはないが何日か寝泊まりするには十分そうだった。二つ並んだベッドの黄色いカバーがなかなかおしゃれで、泊まるのも楽しそうだなと思う。

「こういうところって、一泊いくらくらいするの？」

「泊まると銀貨一枚、休憩ならその半分てところだろう」

「食事もできる？」

「食堂がある。行ってみるか？」

うん、と頷いてから、これじゃひとりで来ている感じじゃないなと思ったが、実羽はおとなしく部屋を出た。もともと、ぎくしゃくしたまま過ごすのは得意ではないのだ。警戒したり、怒りを持続させるのも、疲れてしまうので昔から苦手だった。

実羽は薄赤く痕の残った首筋を撫でた。

噛むだなんて身勝手な真似をした理由が、なにかちゃんとあればいいのに。実羽を淫《みだ》らだと決めつけるような言葉も、なにかの間違いならいい。それならすぐにでも許して――もっと楽しい気持ちで、二人で過ごせる。

(……話してはくれるけど、最初のときみたい)

アルギュロスはあまり実羽を見ようとしない。意識的になのだろう、口調もどこか事務的で、よそよそしい気がした。

もちろん、昨日のことがなかったみたいにべたべたされたいわけじゃない。でも。

(……なんで、こんなに寂しいんだろ)

謝ってくれたらいいのに、と思ってしまう。そうしたら、すぐに許せる。彼が身勝手で信用ならない人間ではなく、安心していい、好意を抱いてかまわない存在なのだと思いたかった。

(――おれ、アルのこと嫌いになりたくないよ)

アルギュロスは先に立って、「こっちだ」と進む。左に曲がる細い道があって、彼は迷わずにそちらに向かった。

「――アル、ここに来たことあるんだ?」

「砂漠で夜を過ごすには一番安全な場所だからな。よく使う」

狭い通路を抜けると、またさきほどと同じような広さの通路に出る。どうやら碁盤の目のように、いくつもの通路が交差しているようだ。縦に走る通路は幅があり、横の通路は狭くて、人ひとりがやっとだ。

広い背中を見つめてついていき、三つ目の大きな通路に出ると、アルギュロスは左に曲がった。笑い声やがやがやとしたざわめきが急に近くなり、あそこだ、と実羽にもわかった。

四角い広場ができている。テーブルと椅子が並び、料理の雑多な匂いが漂った。

「ここが食堂だ。昼時だから混んでるな……なにか食べるか？」

「——うん」

少しだけ迷って、実羽は頷いた。大勢人がいるからか、アルギュロスは守るように横に寄り添ってきたが、拒むことはせず、窓をひらいた周囲の店を覗いて歩く。広場の周りは宿の部屋のかわりに飲食店になっていて、大きな窓から料理が出てくるらしい。

いくつかの店を見るだけで通りすぎ、アルギュロスが足をとめたのは、花が飾られた窓だった。

「ここのなら、ミウも食べられる」

「ほかのところのはだめなの？　おれ、好き嫌いはないけど」

最初に見た店では麺入りのスープを売っていて、たっぷり緑の野菜が載っていておいしそうだった。

アルギュロスは店員に「二つ」と頼んで首を横に振った。

「砂漠の中だから、獣の肉が入っているのが多いんだ」

「肉も平気だよ。……まあ、あんまり、好きではないけど」

古田には、「おまえって女子みたいなもんばっかり好きだよな」とよく笑われた。悪気のない口調だったから当時は気にも留めなかったことを思い出し、ちょっと胸が痛んだ。——あの会話をしたときも、古田には実羽が性的な対象に見えていたのだろうか。

「まさかおまえ、向こうで肉を食ったのか？」

ぼうっと思い出していた実羽は、急に肩を摑まれてびっくりして顔を上げた。アルギュロスのほうも驚いた表情で、実羽が頷くと眉をひそめる。

「そうか……記憶がなくなっていたなら、それも仕方ないか」

「肉って食べちゃだめなの？」

「いや、だめかどうかはわからないが……フェアリルは肉は食べない。蝶の翅を持つだけあって、蜜や果物を好むから」

言われてみれば、肉食の蝶というのも変だ。実羽は深く考えずに、窓から差し出されたトレイを受け取った。蒸したパンとゆでた豆に似たもの、いろんな野菜の入った煮込み料理がいい匂いをたてている。

「あっちでは施設にいたから、好き嫌いを言うのも悪かったし、なんでも食べたけど、もともと野菜とか甘いのとかが好きなんだよね。だから、肉を食べなくてもいいならこれからはやめとく」

あいているテーブルを選んで座り、実羽はアルギュロスが考え込んでいるのに気がついた。

「どうかした？」

「肉を食べていたなら、記憶が戻らないのもそのせいかもしれない。本来食べないものを口にしたせいで、健康が損なわれていた可能性はある」

アルギュロスは深刻そうだったが、実羽は首をひねる。

「そうかなあ。おれ、具合が悪いとかは全然ないよ。記憶だけって変じゃ……あ」

もしかしたら翅が出せないのはそのせいかもしれない、と思い当たって、実羽は半端に言葉を途切らせた。

「一度、フェアリルにも詳しい医者に相談してみるか？　もっとも、ミウのような例は過去にないから、あまり参考になることはないかもしれないが」

「そういうお医者さんがいるんだ？」

「普通のフェアリルは病にかかることはめったにないが、祝蝶が不調になることはある。だから街にはフェアリルのことにも詳しい医者がいるんだ。——人間の医者が不安なら、メネラウスに訊くのでもかまわない。森には帰りに寄れる」

返事に迷って、実羽は野菜煮込みを口に運んだ。トマトに似た酸味が味わい深くておいしい。ついでに、翅が出せるようになったりしていないかと背中に力を入れてみたが、少し筋肉が痛むだけだった。

でも、出せなくても困りはしない。記憶に関しては、食生活が関係あるとは思えなかった。

「……森に行くのは、あんまり気が進まないかも」

「なぜ？」

アルギュロスが気遣わしげに眉根を寄せた。実羽は言うべきか迷って、結局口にした。

「メネラウスは、おれがアルの祝蝶になるのは反対なんだって」

意外そうでもなく、アルギュロスは頷く。

「そうだろうな。彼は祝蝶の仕組み自体をなくしたがっているくらいだ」

「おれにはフェアリルの伴侶を用意するって言うんだけど、そういうの勝手に決められたくない」

「——うん。ミウは、そうだろう」

ふ、と優しい表情になって、アルギュロスは実羽を見つめた。

「伴侶のことはよく考えるべきだし、無理強いはしないが、ミウはフェアリルから体液をもらったほうがいいかもしれない」

「……それはアルが嫌だって言ったんじゃないか」

なんで言うことを変えるんだ、と睨むと、アルギュロスは首を左右に振った。

「俺が嫌かどうかは、一番大事なことじゃない。ミウは記憶が戻ったほうがいいんだろう？」

「それは……そう、だけど」

「フェアリルの癒しの力があれば、記憶だって戻るかもしれないし、翅も出し入れできるようになるかもしれない。確証があるわけじゃないが、試す価値はある」

実羽は困って唇を噛んだ。

アルギュロスの口調は真剣だ。実羽を思いやってくれているようにしか聞こえない。でも、素直に彼の提案を受け入れる気にはなれなかった。

思い出せればもちろん嬉しい。不安も解消するだろう。今一番ほしいのは過去の記憶だ。それでも、嫌だった。

「……おれ、キスとかは、好きな人としかしたくないよ」

「――ミウ」

「あっちの世界では、友達が好きだって言ってくれたから、してもいいって思ったけど。……たぶんあいつ、本当におれに恋してたんじゃないと思うんだ。ほら、フェアリルって、翅から匂いがして、人間にとっては誘惑してるのと同じみたいだから。自分じゃ全然わかんないけどさ」

言葉を切って煮込みを一口食べ、実羽は声が震えかけたのをごまかした。思い出して話すだけで震えそうになるなんて、思っていたよりずっと、傷ついていたみたいだ。

「だからせめて、これからは大事にしたい。……アルとは、もっとすごいこともしちゃってるけど」

前よりも強く、触れあうなら好きな相手とがよかった。生死がかかっていてやむをえないならともかく――否、どんな理由があろうと、できれば愛しあえる相手がいい。

気持ちいいと感じることが苦痛になってしまうような関係は、もう嫌なのだ。

俯くと、わかった、とアルギュロスの静かな声がした。

「これからも、口づけはしない。必要がないかぎりは、触れないようにする」

「……うん」

静かできっぱりしたアルギュロスの声に、どうしてかぎゅっと胸がしめつけられて、実羽はスプーンを置いた。おいしい食事なのに、うまく喉を通らない。

「やっぱり、つらいようなら森に寄ろう。メネラウスに頼めば癒しの泉を使わせてもらえる。体液のかわりにはならないが、疲れは癒せるはずだ」

「いいよ、疲れてない。ちょっと食欲がないだけ」

もう一度食べようとスプーンを持ち上げたが、結局一口しか飲み込めずにため息が出る。

「どうしよう、もったいないよね。テイクアウト容器があればいいのに」

「テ……なんだって？」

「持って帰れる入れ物ってこと」

「それはあったら便利だな」

アルギュロスは感心したように頷いて、実羽の皿を手元に引き寄せた。

「今度提案してみるが、今日はこいつにやればいい」

「こいつ？」

アルギュロスは皿をテーブルから地面へと下ろす。犬でもいるのかと覗き込んで、実羽はぎょっとして足を椅子に上げた。

「なっ……トカゲ!?」

にょろりと太くて長い胴体に、足が六対ついている。尻尾《しっぽ》も長く、全長は一メートルはありそうだった。蛇《へび》に足をつけたみたいな外見のそれがぱかりと口を開けて、料理に食いつきはじめた。

「こいつらはなんでも食うんだ。こうして餌《え》付けしておくと、魔物が近づいたときに鳴いて教えてくれる。綺麗な模様だろう？」

アルギュロスは平気な顔で、その生き物の頭を撫でる。生き物も人間に馴れているようで、顔を上げると小さくケッ、と鳴いた。

「よしよし。相変わらず可愛いな」

（ぜ………全然、可愛くない）

トカゲや蛇の類は苦手だった。どうしても生理的に怖いのだ。固まっていると、アルギュロスが実羽の脇を指さした。

「ほら、もう一頭来たぞ」

「……っ！」

声にならない悲鳴をあげて、実羽は椅子を蹴ってアルギュロスに飛びついた。

「や、やだやだやだ！　さっきはなんにもいなかったのに！」

「普通はこの時間は寝てるから、隅にいたんだろう。——もしかして、怖いのか？」

膝の上に実羽を抱き上げつつ、アルギュロスは意外そうな口ぶりだった。

「そういえば馬も怖がっていたな。生き物はなんでも好きだと思ってたんだが」

「知らないよ！　昔から嫌いなんだってば……こう、にょろっとしたのとか無理」

「そうか。悪かった」

残念そうに眉を下げて謝ったアルギュロスは、「摑まってろ」とそのまま立ち上がった。

「食事につられていっぱい出てきたから、歩きたくないだろう」

「…………う、ん。お願い……」

顔を上げなくても、周囲の人に注視されているのを感じる。でも、とても下りられなかった。不意打ちの恐怖でばくばくと鼓動が激しく、背中には冷や汗が浮いている。強くアルギュロスにしがみついて、実羽はなにも見ないように目を閉じた。

数秒で、食堂の喧騒《けんそう》が遠ざかる。下ろされると人気のない縦の通路で、アルギュロスが顔を覗き込んだ。

「大丈夫か？　顔色がさっきより悪い」

「平気。びっくりしたのが抜けないだけ」

歩き出そうとしたが、膝がふらふらして力が入らない。かくんと崩れ落ちてしまい、アルギュロスが腕を引いて立たせてくれた。

「部屋を借りよう。少し暑いし、今朝からずっと調子がよくなさそうだ」

平気、ともう一度意地を張ろうとして、実羽は諦めてアルギュロスに掴まった。

支えてもらいながら、入ってきた通りまで戻って、三番の部屋に入る。アルギュロスは「少し待ってろ」と言い置いて出ていき、戻ってきたときには水差しとカップの載ったトレイを手にしていた。

「水だけでも飲んでおくといい」

「ありがとう。ちょっと休めばよくなると思う」

水は冷たくはなかったが、レモンのような香りがついていて、すっきりしておいしかった。飲み干してしまうと、アルギュロスが神妙な顔をした。

「すまない。朝も顔色がよくないと思ったのに、浮かれてオアシスまで連れてきてしまった」

項垂《うなだ》れるように頭を下げられて、つきん、と痛みが走った。

かすかな痛みは、諦めたときの感じに似ている。許して、傷をなかったことにして微笑むときの痛みだ。忘れたふりは得意で、園長先生にも、古田にもよく言われたものだ。実羽は明るくていい子だ、朗《ほが》らかで親切だ、と。

そういう自分が、実羽自身も誇らしかった。

（……でも、なんでだろ。アルのしたことも許したいし、嫌いになりたくないし、忘れたいのに――

同じくらい、なかったことにするの、嫌だ）

　ひどく疲れた気がして、ため息が出る。

「アルのせいじゃないよ。おれが行きたいって言ったんだもの」

「俺がオアシスならアニャも安く買えると言ったからだろう。誘導したも同然だ。……ここには、いつかミウを連れてきたいと思っていたから」

「そうなんだ？」

　実羽はブーツを脱いで、ベッドの上に足を投げ出した。ほどよい弾力が疲れた脚に心地よい。できればアルギュロスを視界に入れたくなくて、小さな窓の外へと視線を逃すと、彼が隣のベッドに腰を下ろす音がした。

「普通のフェアリルは森が好きで、遠出を好まない。でもミウは昔から変わっていて、異国の街に遊びに行きたいと言うような子供だったんだ」

「森でも、アルのこと引っ張り回してたんだっけ？」

「ああ。おかげで病弱なのも、いつのまにか治ったくらいだ。——楽しかった。川で遊ぶのも、花の咲く木に登るのも、岩場で草の実を集めるのも」

　毎日幸せだった、とアルギュロスは呟くように言った。夢見るような声音に、実羽はそっと振り返った。

　アルギュロスは実羽を見ていなかった。懐かしむようにやわらかな表情で、視線はここではないどこかを見つめているようだ。

「ミウがいなくなってしまってからも、綺麗なものや珍しいもの、初めて見るものに出会うといつもミウを思い出した。ミウなら喜ぶだろうかって。このオアシスもそうだし、神殿もそうだ。ミウは幼かったから、まだ神殿には行ったことがないだろう？　俺でも敬虔《けいけん》な気持ちになるような、特別な場所だ。二人でいつかこようと思ったし——隣国との国境にある小さな街も綺麗なんだ。大きな湖があって、綺麗な鳥がたくさんいる。ここも絶対ミウを連れてこようと決心して……そのたびに、今ごろミウはどこにいて、どんな景色を見ているかを想像していた」

珍しく熱っぽい口調に、さっきよりも強く胸が痛んだ。

十一年は長い。誰もが死んだと考えた相手を待ち続けるのは、きっと苦しかったはずだ。それでもアルギュロスは待っていたのだ。日々、ミウのことを考えながら。

「だから今日も、オアシスに連れてきてくれたんだね」

「……まさか、あんなにオオグイトカゲを怖がると思わなくて」

また申し訳なさそうな顔をするアルギュロスに、実羽はくすりと笑ってしまった。遅れて、腹の深い場所がじんわりとゆるむ。

泣きたいような、苦しいような。言葉にならないもどかしさが渦巻いて、笑ったはずなのに唇が歪む。片手で目元を覆って、浅い息をつく。

（どうして今のおれは、ミウじゃないんだろう）

ミウなら、アルギュロスのことだって、もっとわかるはずなのに。こんなぐちゃぐちゃした気持ちにならずにすんで、彼がすることも受け入れられるのに。

「――アル」

呼びかけた声は泣き出しそうに掠れていた。ぎくりとしたようにアルギュロスが立ち上がる気配がして、それでも遠慮しているのだろう、そばにはこない。

「昨日さ。――なんで、噛んだの？」

「あれは」

動揺しきった声で呻いて、アルギュロスは実羽のベッドの脇に膝をついた。

「あれは……本当にすまなかった。アトルムが不埒《ふらち》な挨拶をおまえにもしたと思ったら、ミウに、俺の印《しるし》をつけておけたらいいのに、と思って――」

横目で見ると、アルギュロスは焦った表情だった。実羽と視線があうと、萎《しお》れたように眉も肩も落ちる。

「我《わ》が侭《まま》なのはわかっていた。痕なんかつけたって、ミウが俺のものになるわけじゃない。でも……束縛できないから余計に、いつもほしいと願ってしまうんだ。昨日はアトルムのせいで余裕がなくなって――ミウが怒るのも当然だ」

すまない、と言って手を伸ばそうとして、アルギュロスは途中でやめた。触られるのも嫌だよな、と小さくなった声に、きゅっと胃のあたりが熱くなる。実羽は潤みそうな目に力を込めた。

「もう、しない？」

「もうしない」

神妙にアルギュロスは繰り返す。誓う、とつけ加えられて、実羽は胸元で拳を握りしめた。

「あと、はしたないとかも言うなよ。ああいうの、すごい嫌だ」

「俺は一度も、ミウをはしたないなんて思ったことはない」

今度は心外そうに言い返されて、思わず枕を投げつけた。

「言っただろ。アトルムが手にキスしたからって、おれのせいじゃないのに」

「あれはアトルムのことを言ったんだ。俺がミウを貶《けな》すことなんてありえない。——誤解させたなら謝る」

真剣な表情で言われ、思い出したくない昨日のやり取りを思い返す。だが、今となっては、アルギュロスの言うとおりなのかどうか、よくわからなかった。勘違いだと言われれば、そうかもしれない、という程度だ。

これで許すのが正しいのかどうか、実羽には判断できない。数か月先にはまた後悔するかもしれないのだと思いながら、実羽は視線を逸らした。

「……じゃあ、許すから、もう言うなよ」

「わかった。言わない」

「ほんと、こういうの嫌なんだ。怒ったり腹立てたりするのだって疲れるし——す、好きだって言ってくれたのに、もう飽きたのかなとか、嘘だったのかなとか、考えるのは嫌だ。ただでさえ全然思い出せなくて、わかんないことばっかりなのに」

詰《なじ》るように言いながら、違う、と苦しくて、かきむしるように胸に爪を立てる。そうじゃない。わからないことだらけで不安だから、波風を立てたくないわけじゃなくて——。

（なんで、自分の気持ちなのに、わからないんだろう）

ずきずき痛む心臓を直接握って鎮められたらいいのに、と思って唇を噛むと、アルギュロスが慎重に動いて、実羽の座るベッドに横向きに腰かけた。

「不安にさせて、本当に悪かった」

「………べつに、不安とかじゃ、ないけど」

「いや。答えは焦らなくていいと言ったのに、結果として焦らせてしまった」

遠慮がちに伸びた手が胸の上の手に重なって、ざわりと肌が震えた。あたたかい手のひらに、自分が冷たくなっているのだと気づく。守るように包み込むアルギュロスの手は圧倒的に大きくて、その差と体温とに、どうしようもなく心が揺れた。

ごめん、と勝手に声がこぼれる。

「——思い、出せなくて、ごめん……」

呟いた自分の声で思い知る。

記憶が戻ればいいのに、と考えるのは、ほとんどアルギュロスのためだ。こんなに好きだと言ってくれる彼の大事なミウに、自分がなれればいい、と思うからだ。

一途な彼に報いたい。報いたいと思うくらいには彼のことが好きで——好きだからこそ、わずかな曇りもなく、信じたいのだ。

「いいんだ。俺に謝ることはない」

宥めるように静かに言ってくれたアルギュロスは、手を握ったまま、もう一方の手でかるく実羽の頭を撫でた。

「俺のほうこそ、昔のミウの話ばかりして、却《かえ》ってつらい思いをさせた。もっと今のミウのことも、聞けばよかったな」

　涙の滲みかけた目尻を指先で辿られ、実羽は恥ずかしくなって俯いた。触るなよ、と言えばいいのに、優しい指先が嬉しくて、ずっと撫でられていたい気持ちになってしまう。アルギュロスはじいっと見つめたまま、甘やかすみたいに優しい声を出した。

「あちらでは、どんな生活だったんだ？」

「どんなって言われても、異世界から来たとか思ってなかったから、普通にしてただけで……そんなに話すほどのことはないよ」

「その普通がこちらとは全然違うんだろう？　どんな家に暮らしていたとか、毎日していたこととか、教えてくれ」

　指の背が頬をくすぐる。ん、と喉が鳴りそうになって、実羽は俯いたまま何度もまばたきした。顔が熱い。

「家は……親がいない子供とか、事情がある子供を預かってくれる施設で生活してて。そこから、学校に通ってた」

「孤児院か。学校も、こちらにもある。そういうところは似ているんだな」

　やっと触れるのをやめたアルギュロスが、水のおかわりをくれる。ありがたくそれを飲むと、火照った身体に染み渡るようだった。はあ、と意識しないまま、ため息が出る。

「そうだね。基本的なことは、そんなに違わないかも。こっちにないものだと、友達とはゲームしたりとか……あ、あと、部活もやってたよ」

「ぶかつ、というのは？」

「たとえばスポーツをするとか、写真を撮るとか、歴史を調べるとか、同じことに興味がある子供が集まって、指導してくれる先生がついて、一緒に活動するの。小学校では料理部に入ってたけど、中学からは弓道部にしたんだ。弓って、こっちにもある？」

　弓を引く真似をしてみると、よくわからなそうな顔をしていたアルギュロスにも伝わったようだ。

「ああ、ある。俺もたまに使うが、普通は猟《りょう》に使うから、肉を食べないフェアリルでは珍しいな。ミウらしいといえばらしい」

　感心したように、アルギュロスがため息を漏らした。

「ちゃんと馴染んでいたんだな。ミウならきっと、異世界も楽しかっただろう」

　楽しかった、だろうか。

　もちろん、楽しい日もあった。最初の数年はわからないことばかりで大変だったけれど、慣れてくるにつれて友達もできたし、世の中には自分の何倍も不幸な子供がたくさんいることも知っていた。でも、総合して楽しかったか、と言われると、違う気がする。

　ただ夢中だった。周囲の人に嫌われたくなくて、異物のような目で見られないように、いつも最優先で考えていた。笑顔で明るく振る舞えば嫌われにくいから、咄嗟に笑うようにもなったし、頼まれたことを断るのは苦手だった。少しでも必要とされたくて——居場所がほしくて。

（……だから、古田とも、きっと間違えたんだ）

あの日、あちらで実羽の築いてきたものは、壊れてしまったのだと思う。

自分の努力だけでなく、いろんな人に助けられてようやく成立していた生活だったと思うから、唐《とう》突《とつ》な別れは残念だったけれど、実羽はもう、帰りたいとは思わなかった。

けれど、アルギュロスに正直に言うのは気が引けた。彼に負い目に思ってほしいわけじゃない。

「――うん。たぶん、楽しかったと思う。みんな優しかったし」

そう言って笑うと、アルギュロスは微妙な顔をした。

「やはり、帰りたいか」

「懐かしいけど、もう諦めたよ。最初は勘弁してくれって思ったけど、二回目だしさ。前より早く慣れられると思う。食べ物も好きだから、平気」

「――なにもわからずに異世界で暮らすというのは、それほど大変なんだな」

アルギュロスはまた実羽の手に触れてきた。

「あまり握りしめるな。傷がつく」

せつなげに諭《さと》されて初めて、いつのまにかまた、拳を握っていたことに気づく。ほどくと、手のひらには爪の食い込んだ痕がついていた。

「ミウが笑って平気だと言うときは、だいたい平気じゃないんだ。あのときだって、頭ではわかってた」

「……あのとき？」

視線を落としたアルギュロスの横顔は苦しそうだった。

「ミウがあちらの世界に行ってしまったときだ」

「事故で、滝壺に落ちたんだよね」

「俺のせいなんだ。暑い日に、上から滝を見下ろせるところがあると誘われて、見に行って……二人で川で遊んでいた。流れの中の大きな岩にそれぞれ腰かけて——川で遊ぶだけなら何度もしたが、あの日は、俺が母の形見を見せた」

ネックレスだ、と絞り出すようにアルギュロスは言った。

「遺髪が入っていて、ずっと首にかけていたが、自分でも怖くて……母が死んだのは自分のせいだと思っていたから、まともに見たことも、誰かに見せたこともなかった。でもミウには見せたくて、外して渡そうとした」

ぴりっと、予感のようなものが走った。

「もしかして……ネックレス、落としちゃったんだ？」

「俺がよろめいて、渡し損ねた。川に落ちて、すぐに流れに飲まれて——ミウが追いかけてくれた。だが滝まではいくらも距離がなくて、どうやらネックレスも落ちてしまったようだった。俺はもういいと言ったが、ミウは平気だって笑った。この高さの滝壺なら、死んだりしないと。前も飛び込んだことがあるからと言って」

そのときの気持ちを思い出したわけでもないのに、自分の心情がわかる気がした。だって、形見なら絶対に大事なものだ。大事な友達の大事なものを簡単に諦めてしまうより、滝くらい飛び込むほうがいい。

「それでおれは飛び込んで、それっきりあっちに行っちゃったんだね」

「もっとちゃんと、引きとめるべきだった。十一年もひとりにして、恨まれても当然だ」

膝に手をついたアルギュロスはつらそうだった。

「なのに、帰ってきたら帰ってきたで、抑えもきかないなんて、ミウに嫌われても仕方ないよな」

七歳も年上で圧倒的に大きな体躯で、国でも有名らしい騎士だというのに、叱られるのを待つ犬みたいに縮こまっている姿に、きゅっと胸が疼いた。

守ってあげたいような、頭をわしゃわしゃ撫でて、大丈夫だよ、と言ってやりたいような気持ちだ。もっと近づいて、寄り添って——抱きあいたいような、いてもたってもいられない衝動に、ああそうか、と納得してしまう。

心臓が速くなっていく、熱くて、制御できないこの感じ。

（……きっとおれは、まだ子供でも、アルを好きだったんだ。友達よりももっと。誰より一番、好きだった）

恋の「好き」だ。

腑《ふ》に落ちると、胸がちりちりした。アルギュロスの横顔がくっきりと浮き立って見えて、会いたかっただろう、と思いを馳せる。滝壺に落ちて、はるか異界へと流されて、なにもかも失っても、会いたい人がいると思えるくらいには、ミウはアルギュロスに焦がれていた。

その思いが、自分のものとして、わかる。——実羽も、ミウと同じように、アルギュロスが好きだから。

（――好き）

実羽はそっとアルギュロスの肩に触れた。

「おれは、アルのせいだなんて思わないよ」

「ミウ、まさか」

はっとしたようにアルギュロスが顔を上げる。ごめんね、と実羽は微笑んだ。

「思い出せてはいないけど、どうしてミウが滝壺に飛び込んだのかはすごくわかる。おまえのためにしてやったことだもん、怪我したって平気だと思ったし、異世界に行ったとしても、後悔なんかしてないと思う――けど、ネックレス、結局見つけられなかったのかな」

心残りがあるとすればそれだけだ。

「メネラウスが最初にネックレスのこと言ってたのも、アルのお母さんの形見のことだよね」

「ああ」

「でも、おれがあっちで発見されたとき、服以外はなにもなかったみたいなんだ。握っていたりすれば、園長先生は返してくれたと思う。身元を知る手がかりにもなったはずなのに、聞いたことがないから……」

「形見がなくなったのは、とうに納得している」

アルギュロスも手を伸ばして、実羽の頭に触れた。巻いた布の上から撫でて、囁くように言う。

「形見より、おまえのほうが大事だ。戻ってきてくれたんだから」

「……アル」

きゅうっと胃のあたりが苦しくなるのと同時に、目が熱くなった。

（好き。アルが好きだ）

思い出せなくても、実羽が、アルギュロスを好きだ。

灰色の瞳は甘くてまっすぐで、実羽だけを映してきらめいている。手はあたたかくて、包み込むようで——こんなに優しい。

ミウ、と掠れた声で呼ばれて、実羽はどきどきしながら目を閉じた。待つように少し上を向き、唇をひらく。

そう、したかった。

「——ミウ」

ふわりと吐息が触れ、続けて、弾力のある唇が重なる。包み込むようにして吸ったアルギュロスは、実羽が嫌がらないと悟ると、二度、三度とついばんだ。熱っぽく濡れた唇の内側が触れて、たまらなくどきどきする。自然とひらいた隙間に舌が入り込み、ひく、と閉じたまぶたが震えた。

「ん……っ、ぅ、」

厚みがあってよく動く舌は、歯列をくすぐるとすぐに奥へと入ってきて、実羽の舌と触れあった。それが痺れるくらい気持ちよく、くたくたと崩れていきそうだった。背中に手が回り、引き寄せられるのが嬉しい。悲しいときのように胸の真ん中が痛んで、でもそれが甘く思える。

は、と息をこぼす唇を再度吸われ、目眩を覚えながら鼻で息をする。立ち上るアルギュロスの匂いをもっと嗅ぎたくて身体を寄せると、より深く唇が重なった。

「ん……、ふ……っ、……ぅ、……は、……っ」

今度はさっきよりも大胆に口の中を愛撫《あいぶ》され、うなじがさわさわと落ち着かなくなった。落ち着かなさは背筋を伝って腰まで広がり、ついみじろいでしまう。アルギュロスは背中からウエストへと手をすべらせ、掬うように股間に触れた。

「……っん、ぁ、……っや、」

「昨日の今日で、こんなになるのか」

感心した声音が恥ずかしいのに、こすられれば性器はあっけなく角度をつける。アルギュロスは濃い灰色になった瞳を細めた。

「ミウは本当に感じやすいな」

「そ……そういうの、なんで言うの」

甘く昂った分、淫らだと言われているみたいでせつなくて、実羽は潤んだ目でアルギュロスを睨んだ。

「さっき言うなって言っただろ。やらしいとか、そういうの」

「いやらしいなんて言ってないだろう」

アルギュロスは心外そうに片眉を上げた。

「感じやすいのも、達きやすいのも、素直で可愛い。俺が触れても色っぽい表情を見せてくれるから、嬉しいんだ」

「お……おれは、恥ずかしいよ。似たようなこと、悪口みたいに言われたこともあるし」

「だったら覚えてくれ。俺がミウに言うのはなんでも褒め言葉だ。――ミウは綺麗だ」

きゅっと目に力を込めて、アルギュロスは実羽の顎を持ち上げた。

「口づけできて嬉しい。舌も甘いし、蕩けた無防備な表情をしてくれるのがどれほど幸福か、おまえにもわかってほしい」

「……ア、ル――、んっ」

ちゅくりと吸われて実羽は目を閉じた。アルギュロスはゆるゆると布越しに性器を刺激しながら、深く息を吸い込む。

「やはり、蜜の匂いがするな」

「蜜って、翅、の……？」

「ああ。体調がすぐれないのも、昨日の精液では足りなかったせいかもしれない」

耳のすぐ下に鼻を差し込むようにして、アルギュロスは匂いを吸い込んでいるようだった。濡れた舌が肌を這い、思わずアルギュロスの袖を摑む。

「っぁ、……待っ、アル、……んっ」

「気持ちよくなってきたんだろう？　匂いもどんどん強くなる。うつぶせになるといい」

「いいよ、しなくて……ぁっ、こすんなって、ば……ぁ、あッ」

「我慢は身体によくないぞ。それに、こんないい匂いをさせたままのミウを外には連れていけない」

アルがキスしたからだろ、と思ったけれど、強くは抗えなかった。だって、キスは――実羽も、したかったのだ。

（……気持ち、よかった。すごく）

嫌じゃない、のではなく、よかった。気持ちいいのが苦痛ではなくて、それがたまらなく嬉しい。

「……そんなに、匂うの？」

「風下《かざしも》の人間なら気づく。俺はおまえが、見知らぬ他人に邪《よこしま》な目で見られるのは嫌だ」

頼む、とアルギュロスは囁いた。

「昨日もしてるから、一度で十分なはずだ。……つらくないようにするから」

熱が散ったように身体のあちこちがぱちぱちして、実羽は唇を噛んだ。

（こんなこと言われて嬉しいとか……おれ、変なのかな）

昨日は身勝手だと感じたセリフと大差ないのに、今はもっと言われたい。

「――アルって、独占欲強すぎじゃない？」

気恥ずかしくてそう呟くと、アルギュロスはほんの少し苦い表情で微笑《わら》った。

「当然だ。いつだって、ミウが俺だけのものになればいいと思っている」

「噛みつくくらいだもんね。……やっぱり、血も、飲ませたいって思う？」

飲んでくれ、と頼まれたらどうしよう。困るのは――この眼差しで頼まれたら、頷いてしまいそうなことだった。

アルギュロスは短いキスをくれた。

「もう噛まないし、自分の血をおまえに与えることだけはだめだと思っている。――でも、だめだと思うということは、どこかに願望はあるんだろう。苦しませたくはないが、ミウが俺でしか満たされないと思うのは、どうしたって魅力がある」

もちろんやらない、とアルギュロスはつけ加える。

「ミウが苦しまないほうが、俺のくだらない欲よりも大事だ。それに、激情にかられておろかな真似をすればメネラウスの思う壺だしな」

「メネラウスの？」

どういう意味だろうと実羽は首をかしげたが、アルギュロスはすぐに「なんでもない」と言った。

「気にしないでくれ。それより、うつぶせだ。……ミウに、与えさせてくれるな？」

鼻先をすりあわせて問われて、実羽は小さく頷いた。服ごしに刺激された性器はもう引き返せないほど勃っている。それだけならしばらく耐えればすむとしても、人を誘惑する匂いがすると言われれば、このまま外に出るのは怖かった。

身体の向きを変えると、アルギュロスは腰を掴んで、尻を上げる体勢へと導く。服の裾を背中までまくり上げられて、実羽は拳を握った。

外気に触れて太ももがすうっとするのが恥ずかしい。けれど同じくらい、燃え上がるように身体は熱くなっていく。

アルギュロスは巻くだけの下着を取り去ると、「ほう」と唸った。

「下着がべたべただ。ミウはフェアリルの中でも、先蜜が多いな」

「そ……れも、褒めてるつもり？」

「当然だ。健気《けなげ》で愛おしい」

背後から手を回し、アルギュロスは実羽の性器のくびれに指を絡めた。かるくしめつけ、人差し指で鈴口をゆっくりと押す。

「――ッ、ぁ、や、だ、それっ……、あ……っ」

「もう少し先蜜がほしい。こうしてとんとんと刺激すると出るはずだ――ほら」

「ぅ、あっ……あ、……っあ、ぁっ」

「達きたいだろうが、我慢してくれ」

あやすように優しく命じ、アルギュロスは幾度も鈴口を刺激した。くるくると撫で回し、タップし、かるくしごいては指先をあてがっていじる。ひりつく痛みのまじる快感は強烈で、そのくせ達してしまえないのが苦しかった。

「や……、も、……い、いく、いき、た……いっ」

「あと少しだ」

実羽を励まし、アルギュロスは濡れた指を後孔へと移動させた。ぐっと押し込まれるとむしろほっとして、実羽はシーツに額を押しつけ、内部を探られるのを受け入れた。慣れつつある異物感に、どうしても腰が前後に動く。指でほぐしたあとに待つ快感が染み出すように蘇り、腹の奥から熱が上がっていく。

尻の後ろで、アルギュロスは嬉しそうだった。

「ミウ、わかるか。奥からも濡れてきてる」

「わ、わかんないよそんな、……ッ、ぅ、あっ、そこ、……ぁ、アッ」

「ぐちゅぐちゅだ」

うっとりしたアルギュロスの囁きどおり、奥まで指が進むと、そこは熟れた果物みたいにやわらかかった。くんと内襞を押されると、ぞくぞくした悦びが喉まで走る。

「フェアリルは相手を受け入れると性交の仕組みも相手に応じて変わるそうだ。雄でもここで快感が得やすいように、雌ならいっそう快感をわけあえるようにと」

「し……知らな、い、そんなのっ……ぁ、ンッ、……そこ、と、とけちゃ、うっ」

いじられるたびにかたちを失い、崩れていくようだった。指を出し入れされると粘ついた音が響き、唇がわなないた。背中がゆっくりと反り返り、声も出せずに射精する。

（死、んじゃ、う……、きもち、ぃ……、きもち、いい）

目眩がするほど、悦かった。陰嚢《いんのう》から全部出しきったみたいに心地いい。腹が不規則に波打つのさえ快感で、突き抜けるようなそれが弱まるにつれて、今度はふわふわと喜びが湧いてくる。

「痙攣してるな。……ああ、達したのか」

横から覗き込んだアルギュロスが、嬉しげに腹を撫でてくる。

「たくさん飛ばしたな。中の力も抜けたし、なによりとてもやわらかい。今日は今までよりずっと楽なはずだ」

水を通したようにアルギュロスの声が遠くて、実羽はぼんやりしたまま指を引き抜かれて悶え、彼の性器をあてがわれてびくりと腰を揺らした。頭の中はまだふわふわとして、眠りに落ちる寸前のように満ち足りた気分だった。

（おれ……好きな人と、してる――）

自分の意思で、きちんと愛してくれる人と快感をわけあっているのだと思うと、たまらなく幸せだ。

ぬぷっと雄が沈み込むと、ああ、と満足そうな声が出る。ゆるみきった中に硬くたしかなものが差し込まれ、いっそうの充足感を実羽にくれた。

襞がめくれあがった窄まりは、くわえたアルギュロスのかたちと熱に収縮を繰り返していて、それさえたまらなく気持ちいい。

「っ、いいぞミウ……吸い込んでる」

息を乱したアルギュロスが腰を前後させ、切っ先が奥壁へとぶつかった。痺れが広がり、実羽は無意識に尻を揺らした。

「は、……んっ、……ふ、……ぁ、……あっ」

「気持ちがいいな、ミウ」

アルギュロスはゆっくりしたリズムで奥壁を突きつつ、腰から背中へと撫で上げた。

「動くのも上手になった。中も、俺にあわせてゆるんだりしめつけたり……自分でもわかるだろう？」

「わ……、わかんな、……っでも、」

優しい強さで奥壁を可愛がられるのが、気持ちいいけれど少しだけ足りない。強くされたい。昨日みたいにずんずんして、いっそのこと――突き破って、深すぎるところまで埋めてほしい。

「でも？　でも、なんだ、ミウ」

「……き、きもち、い……っ、おく、……す、すご、く、あ、あぁっ」

「ここか？」

「ん、ぁッ、そこっ、あ、ア、……っあ、あ、アっ！」

徐々に速さと強さを増されると、きゅうっと下腹部がよじれた。視界でいくつも光が破裂し、だらしなく口が開いてしまう。垂れ落ちる唾液に羞恥を覚えるだけの余裕もなく、実羽は溺《おぼ》れるようにアルギュロスを食いしめた。

「あ……っ、ん、ぁ、あッ、……ン、……あ、ぁっ」

太くて熱いアルギュロスのものが、くっきり感じ取れるのが気持ちいい。ぎゅちゅ、ぬちゅ、と音がするのも、ぴったり密着した自分の襞と彼のなめらかな表面が溶けあっているみたいで、もっと、とねだってしまいそうだった。

（アル……、アル、もっとして。いっぱい、奥突いて。気持ちいいから、もっとして……っ）

「ミウの襞は本当に気持ちいい。ずっと入れていたくなる」

激しく責めたり、わざとじっくりと突き上げたりして、アルギュロスもまた、実羽を味わっているようだった。掠れた声が嬉しくて、実羽は振り返ろうとした。

身体をひねりかけたところで、ぐっと腰を摑まれる。

「だが、あまり時間をかけるわけにもいかないからな。出すぞ」

低く宣言して、アルギュロスが己を半ばまで引き抜く。狙いを定めるようにひと呼吸おいて、勢いよく突き入れられ、実羽は高い声をあげた。

「あー……っ、あ、……ッ、は、ぁ…ッ、あ、…ッ」

完全に力をなくした腰が落ち、膝が左右にひらいてぺったりと伏せそうになるのを、アルギュロスががっしりと掴みとめる。奥壁めがけてピストンを繰り返され、意識までがくがくと揺れた。

「…ッ、アッ、——ッあ、アッ、……ッ！」

目の奥も、頭の中もハレーションを起こしたように白くなる。身体のどこも制御ができず、腰を掴んだアルギュロスの手と、行き来する雄砲《ゆうほう》だけが熱かった。

ひときわ強く穿ったあと、アルギュロスは奥目がけて射精した。粘つく体液が垂れ広がり、さらに奥へと染みてくるのを感じる。実羽の身体は瀕死の生き物のようにひくついて、吸っているのだ、とぼんやり思った。

自分の身体は、本当にアルギュロスの精液を吸って、栄養にしているのだ。

ひくん、と揺れる実羽から、アルギュロスはゆっくりと己を引き抜く。ぐったりとした実羽の身体を仰向けにし、性器に触れながらキスしてきた。

「後ろの孔だけで極めたんだな。頭がふわふわするだろう？」

「ん……」

「ゆっくり味わっていい。頰までこんな桃色にして——ミウは世界一可愛いな」

強面《こわもて》に似合わない蕩けそうな声を出して、アルギュロスは頰ずりした。

「好きだ、ミウ。ミウを抱けて、こんなに幸せなことはない」

「も……わかった、よ」

飽きもせず短いキスを降らされて、実羽はうまく動かない首を振った。

「ちょっと、まって……ぼーって、して……ちから、はい、んない」

目元も口元もゆるめて、アルギュロスは実羽が頭に巻いていた布をほどいた。

「力は抜いたままでいい。下着はつけてやる」

「これも巻き直そう、ぐちゃぐちゃだ」

直そうと言いつつ、触れてくるのは髪だ。指で梳《す》き、足りないように口づける。

「ミウは髪も格別に美しい。瞳の色も、優しい春の泉のようだ」

「――アル、詩が書けそうだね」

ふふ、と笑ってしまい、実羽は目を閉じて目眩をやりすごした。目は回るし、身体は二度と立ち上がれない気がするくらい重いのに、心はすっきりしていて穏やかだった。

「得意ではないが、ミウが贈ってほしいなら書く」

「いらないよ、恥ずかしいもん。……けど、ありがとう。あっちだと髪も目も珍しいから、褒められたことなかったんだ」

「異世界人は見る目がないな。ミウに美しくないところなんてないのに」

さらさらと髪を愛しみ、アルギュロスは飽きずに頬を撫でてくる。

「顔も、肌も、乳首も、腰の曲線も、孔のかたちも美しい」

「……それ、エッチなおやじみたいだぞ」

「賞賛してるんだ。孔の中の色も綺麗だし、精液の噴き方も可愛い」

「――バカ」

「なにより、ミウは心が綺麗だ。おまえは誰より優しい」

照れて悪態をついた唇を静かについばんで、アルギュロスは実羽を抱き寄せた。

数分くっついてじっとして、実羽の呼吸が落ち着くのを待ってベッドから降りると、アルギュロスは脇に追いやられていた実羽の下着を手にする。

「立てるか？　下着をつけてやる」

「いいよ、自分でできる」

「俺がしたいんだ。あっちを向いて服の裾を上げて」

「……もう変なことしないでよ」

釘をさしてベッドから立ち上がり、アルギュロスに背中を向けて服をたくし上げる。こんなの子供じゃなかったら変なプレイじゃないか、と思うのに、世話を焼かれるのがわりと嬉しい。

（これも、アル的には甘やかしてるつもり、だよな）

セックスのときは大胆なのに、ぎこちなく腕を回してくる仕草が、くすぐったくも幸せな気持ちにしてくれる。人を好きだと思うのはこんなに幸せなことなんだなと噛みしめて、実羽は胸を押さえた。

もう、アルギュロスとは離れたくない。

「よし、できた。……うまく結べたと思うが、人のは難しいな」

「ありがと。――アル」

下着の腰紐を結び終えたアルギュロスを振り返ると、厳しいくらい整った顔が反射のように優しさを帯びる。どうした、と聞いてくれる低い声さえ甘いと感じるのも、恋のせいだろうか。

「おれ、アルの祝蝶になっても、いいよ」

言えば、満面の笑みが返ってくるはずだった。

しかしアルギュロスは、意外な言葉を聞いたように表情をなくし、それから、迷うように視線をずらした。

予想と真逆の反応だ。ぐっと唇を引き結んで眉を動かすのを見ると、さっと不安が湧き起こった。

「……アル？」

実羽の首筋を見つめたアルギュロスは、首を左右に振り、だめ押しのように「すまない」と呟いた。

「ミウの気持ちは本当に嬉しい。だが、今はだめだ」

「……だめ？　今は？」

「――そうだ。いつまでと言えなくてすまないが、慎重になるべきだと思う。過《あやま》ちはおかせない」

居心地悪げなアルギュロスは、取り繕《つくろ》うように笑みを浮かべ、枕元から頭に巻く布を取った。

「もちろん、待たせているあいだに嫌になったら、そう言ってくれていい」

「――おれ、簡単に変えちゃうような決意なら、口には出さないよ」

布を巻いてくれるアルギュロスの顔を見ていられなくて、実羽は俯いた。わかってる、と言うアルギュロスはちっともわかっていない。

今がだめならだめで、もう少し喜んだっていいはずだ。自分の態度がどれほど不安にさせるかなんて、アルギュロスは少しも理解していないのだろう。

好きだ、と気づいて浮かれた反動で、突きつけられた保留はことのほかショックだった。

実羽はぎゅっと唇を引き結んだ。

（おれとアルギュロスって、あんまり相性よくないのかも）

彼の本心に触れた、彼がわかったと思うとすぐにまたよくわからなくなる相手だ。苦手に感じてしまってもいいくらいなのに、どうして、と実羽は思う。

（……どうして、好きだって、感じちゃうんだろう）

なぜ、彼に愛されていたいと、思うんだろう。

十日後、アルギュロスはまた砂漠への任務へと出かけていった。前回と同じく、四日不在の予定だった。十日間にした体液交換のためのセックスは二回。実羽がぎくしゃくしてしまったせいか、アルギュロスも遠慮がちで、なんだか義務的な行為だった。

「きっと、やっぱり、わかってないんだろうなぁ」

こっそり屋敷を抜け出して、ひとり街の中心部へと向かう道を歩きながら、実羽は呟いた。実羽がなぜ微妙に距離を取っていたのか、絶対にあいつはわかっていない。わかっていたら、一言二言くらい、なぜ「待ってくれ」などと言ったのか説明してくれてもいいはずだ。

もちろん、自分から聞けばすむのは百も承知だ。言わずに察してもらおうなんて虫がよすぎる話だ

――けれど、それはそっくりそのままアルギュロスにも言ってやりたかった。

(だいたい、最初っからいつも、こうなの？　とか、これはやだとか、訊いたり歩み寄ったりしてたのおれのほうじゃん。セックスのときは褒めなくていいことまで褒めるくせに)

肝心なことほど言わない、と詰りたい。他人を詰りたいなどと思うのは初めてで、実羽は長いため息をついた。

なんだか、自分がすごく我が侭な、嫌なやつになっている気がする。

以前なら、実羽は自己主張するより周りにあわせるほうが得意だったし、人の気持ちや感情にできるだけ気を配ってきたつもりだった。うまくいかないこともあったけれど、相手を悪く思うなんてしたことはなかった。

アルギュロスに対してだけいらいらしてしまうのは、彼がある意味では、実羽を甘やかしてくれたからだと思う。昔話をするときの幸せそうな表情も、意思を尊重してくれるのも、恥ずかしいくらい褒めてくれるのも、情熱的な眼差しも。

恋してる、なんて思ってしまったのも、甘やかされて舞い上がったせいかもしれなかった。

思ったよりも好かれていないなら、実羽だって諦めたほうがいいのはわかっている。自分から言い出したことだから、祝蝶になってもいいと言ったことをたった十日で覆《くつがえ》すつもりはないけれど――覚悟はしておかなければ、と思う。

(今は、おれだってちょっとアルのこと嫌いだもん)

泣いてすがったりはしたくない。最悪、誰にも頼らずに生きていくことになるかもしれない。その準備は少しでも早いほうがいいから、実羽は今度こそ、ひとりで街を歩くつもりだった。

最初は謎《なぞ》の線の組みあわせにしか感じられなかったこちらの文字も、だいぶ覚えて簡単な単語なら読めるようになってきた。できれば学校にあるという図書館に行ってみたいし、だめでも街の全体くらいは覚えたい。

（日本でも、そうだったもの）

ひとりで不安なく街を歩ける、というのは、それだけで不思議な自信になるものだ。道のつながりやどこになにがあるのか。どこにどんな人が住んでいるのか。覚えて慣れれば不必要に緊張することはなくなるし、逆に気をつけなければならない危険にも気づきやすくなる。

そっと振り返ってみたが、屋敷から人が出てくる気配はなく、どうやら脱出には成功したようだ。ほっとして、実羽は頭から落ちてきた布の端を巻いた部分に押し込んだ。オアシスまで出かけたときもこの格好でフェアリルだとは気づかれなかったから、大丈夫だろう。

足を速めて進むと、徐々に人通りが増えてくる。この前覚えた市場を目指すと、賑やかに売り買いが行われていた。公園のような場所にいくつも露店が並ぶ市場は、天幕の色もとりどりで、見た目からして活気がある。

肉や農作物を品定めしながら歩く人々にまじった実羽は、暇そうな店を選んで足をとめた。じゃがいもみたいなものが山積みになった店だ。

「すみません、ちょっと教えてもらってもいいですか？」

「はいはい、なんだね」

にっこりした老齢の店主は、実羽を見ると小さな目を丸くした。

「あれぇ、フェアリル様じゃないか」

「えっ？」

髪は隠してるのに、とあわてて頭に手をやる。店主は「髪だけ隠してもね」と笑う。

「そんなに別嬪《べっぴん》さんじゃ、おや、と思って見ちまうからね。目の色もいかにもフェアリル様だし、はみ出てる髪の毛もきらきらしとるから」

椅子から立ち上がった老人は、台の下をあさって包みを取り出した。

「今はこんなものしかないけど、今日は暑くなりそうだからね。ひとつお食べよ」

見た目はいちじく、味はいちごに似ている果物だ。実羽は首を横に振った。

「お金持ってないから……」

「いいよ、これは売り物じゃない。大事なフェアリル様にちょっとしたお裾わけだ」

ほら、と押しつけられて、実羽は受け取った。お礼を言って歯を立てると、甘酸っぱい味が口に広がった。どっこらしょと座り直した老人は、実羽に孫でも見るような目を向ける。

「で、聞きたいことって？」

「学校の場所を知りたくて。図書館があるって聞いたから」

「学校の場所ってあんた」

不思議そうな声を出した彼は、それから「ああ」と手を打った。

「あんた、アルギュロス様の！　異界から戻ってきたっていうフェアリル様だろ」

「えっ、おれのこと知ってるんですか？」

　びっくりして訊いてしまってから、しまったと思ったが、老人は品物を並べた台を回り込んで出てくると、ぎゅっと両手を組みあわせた。

「この街じゃあみんな知ってるよ。あのアルギュロス様がお待ちになってたフェアリル様が、ついに戻られたっていうんで、隣の娘なんて卒倒しそうなくらい喜んでたよ。十年以上もご不在で帰ってきたんだもの、そりゃ学校の場所も知らないねえ」

　うんうんと納得して頷いて、店主は右のほうを指さした。

「あっちに離宮があるのはわかるかね。大広場に行ったらまた道を聞くといいけど、学校は離宮のすぐそばだからね。わしらは入れないあたりだが、フェアリル様なら大丈夫だろう。大広場はわかるかい？」

「うん、大丈夫。ありがとう」

　たしかあっちだった、と思い出しつつ踵を返そうとすると、「ああちょっと」と呼びとめられる。

「あんた、アルギュロス様は？　ご一緒じゃないのかい」

「……今日はひとりだから」

「ひとりって、護衛もなしでかい。ナミ様じゃあるまいし、危ないよ。街の中だってよそものはいっぱいいるんだから」

　首を振った老人は、今度は市場の奥を指さした。

「向こうにナミ様がいるはずだから、頼んで一緒に行ってもらうといい」

「ナミ様？」

「祝蝶様だよ」

よく子供と遊んでくださるんだ、と老人は言って、果物をもう二つ、分けてくれた。

「ナミ様とお食べ。ちゃんと市場の誰かに護衛についてもらうんだよ。なにかあったらアルギュロス様にも申し訳ないからね」

「……そうします。ありがとう」

これじゃ髪を隠して出てきた意味がなかったなと、実羽はため息をついた。きっと誰かが報告して、屋敷の使用人たちも実羽が抜け出したとすぐに知ってしまうだろう。

（アルが帰ってきたときに知ったら怒りそうだな）

怒られるのは気が進まないが、四日先のことだ。

いったん忘れることにして、教えられた市場の奥を目指す。ナミ様とやらはフェアリルらしいが、すぐわかるだろうか。不安だったけれど、しばらく歩くと子供たちの歓声が聞こえて、実羽は目を瞠《みは》った。

店がとぎれてできたスペースに立つ人物の背中から、巨大な蝶の翅が広がっていた。特徴的なかたちと黒と黄色の翅は、アゲハ蝶のそれだ。

「次は引き算だ。キナリイチゴが五十個、みんながひとつずつ食べたら、残りは？」

「そんなの簡単だよ！　四十五！」

「あ、ずるい！　答えるときは手を挙げなきゃいけない決まりだろ！」

翅を広げたフェアリルの前には、子供が数人いるようだ。言いあう声に覗いてみると、やんちゃそうな男の子と目があった。赤毛の彼は丸い目でまじまじと実羽を見ながら、「ナミ」と呼ぶ。

「お客さんじゃない？」

怪訝そうに、フェアリルが振り返った。長い髪がさらりと揺れて、実羽はどきりとした。

翅に気を取られてよく見ていなかったけれど、けぶるような淡い金髪だ。ほっそりとした顎の優しげな顔立ちで、蜂《はち》蜜のような色の瞳をしていた。

「あれ、あなたもフェアリル？」

戸惑うようにまばたいたフェアリル——ナミは、すぐにぱあっと顔を輝かせた。

「わかった、ミウでしょう。アルギュロスの！」

「……あなたも、おれのこと知ってるんですね」

「もちろん知っているよ！　だって恋歌みたいだもの、うっとりしちゃう」

濡れたようにきらめく瞳で見つめてくるナミに、実羽はもらってきた果物を差し出した。

「さっき道を聞いたお店の人が、あなたにもって」

「わあ、キナリイチゴだ。今の時期はおいしいよね、わたしも大好きなんだ」

半分こね、と言ってひとつ取って、ナミはすぐ近くの天幕をめくった。

「子供たちにキナリイチゴをあげたいんだけど、五個もらえる？」

「いいとも」

威勢のいい女性が顔を出して、駆け寄った子供たちに同じ果物を渡す。ナミはお金を払うと実羽を手招いて、小さな椅子に座らせてくれた。背もたれのない、切り株みたいな椅子だ。

「わたしはナミ。よろしくね」

果物をかじって、ナミは翅をぱたぱたさせた。よく見ると翅の下のほうの模様には青い色が入っていて、それが日差しにきらきらしている。こっそり息を吸い込んでみたが、アルギュロスたちが言うような蜜の匂いはしなかった。

「翅って、しまっておくものだって聞いた……んですけど」

「そんなにかしこまらなくてもいいよ。わたしの翅は特別だから、出しておいてもかまわないんだ」

もぐもぐと幸せそうに果物を食べ終え、ナミは子供たちに目を向ける。

「こんな色の翅、珍しいでしょう？　変な模様だし、香鱗《こうりん》がないんだ」

「香鱗？」

実羽には馴染み深い蝶のものだけれど、こちらの世界では違うようだ。聞き慣れない単語に首をかしげると、「匂いの元だよ」とナミは教えてくれた。

「わたしたちの翅には香鱗があって、それが愛しあうための匂いを放つんだ。メネラウスが調べてくれたかぎりでは、過去にも同じ模様の翅のフェアリルはいたけど、香鱗がないのは初めてみたい。でも、人を誘惑してしまう心配がないからね。子供たちも喜ぶから、ここではたいてい出してる」

「でも、危なくないの？　フェアリルを攫う盗賊とかもいるって聞いた」

見渡しても、彼の護衛になるような人影はない。大丈夫、とナミは笑った。

「翅を出していれば、わたしがわたしだとわかるから、却って安全なくらいだよ。まあ、翅がなくても、金の髪のフェアリルなんてほかにはいないけれどね」

「珍しいから、狙われないってこと？」

「ううん。わたしがアトルム王子の祝蝶だからだよ」

にこっとされて、実羽はまじまじとナミを見つめてしまった。

「王子の？　あの？」

「ミウも会ったことあるよね。アトルム様がなかなか可愛いフェアリルだって言ってたもの」

本当に可愛いね、とナミは実羽を羨ましそうに見つめる。

「髪の色も目もとっても素敵。きっと翅も素敵だろうね。……わたしも綺麗な色だとよかったのに」

つん、と金色の髪をひっぱる仕草は寂しげだ。繊細な美貌とあいまって、守ってあげたくなるような儚《はかな》さが、横顔に漂っていた。

「ナミも綺麗だよ。おれ、あっちではアゲハ蝶好きだった」

「あっちって、異界？　異界にも蝶がいるの？」

びっくりしたようにナミが目を丸くする。

「いたよ。よく見かけるのはモンシロ蝶とかシジミ蝶とか、あとは茶色っぽいのとかで、アゲハ蝶は大きいし綺麗だから、飛んでると綺麗だなって思ってた」

「もしかして、異界には蝶がいっぱいいるの？」

「いっぱい……じゃないかもしれないけど、よく飛んでたよ。こっちは違うの？」

「蝶はめったに見られないんだ。普段はごくかぎられたところにしかいないから」

異界ってきっと美しい場所なんだね、とナミはため息をついて、それからはにかむように頬を染めた。

「綺麗って言ってくれてありがとう。アトルム様にしか言われたことないから、すごく嬉しい」

「――アトルム様は、褒めてくれるんだね」

「もちろん！　とてもお優しい方だもの」

優しい方という感じじゃなかったけど、と実羽は思いつつ、持ったままだった果物を口に入れた。

にこにこと見守ったナミは、髪を揺らして首をかたむける。

「それで？　ミウはわたしに、なにか用事？」

「うん。学校に行って、図書館を使いたくて。聞いたら、ナミと一緒に行けって。市場の人も護衛に連れていけって言われたけど」

「学校ならもちろん、連れていってあげる。あそこまでならわたしたち二人でも平気だよ」

ナミは立ち上がった。行こう、と微笑まれ、実羽は子供たちを見やった。

「あの子たちは？　勉強教えてたんだよね」

ナミのかわりに応じたのは、最初に目があった男の子だった。

「大丈夫！　フェアリル様と仲よくしてるナミなんて珍しいもん、行ってきて！」

そーそー、とほかの四人も囃《はや》し立てる。ふふ、と笑ったナミは翅をしまうと、実羽に腕を絡めた。

「行ってくるね。また明日」

またね、と手を振る子供たちと、周辺の店の大人たちの微笑ましげな視線を受けながら歩くのは、ちょっと気恥ずかしかった。自分より背の高いナミがしがみついてくるのも、どうしたらいいかわからない。居心地悪く頬を掻くと、ナミが顔を覗き込んできた。

「もしかして、くっつかれるのは嫌？」

「嫌じゃないけど……あんまりされたことがないから」

「フェアリル同士はよくくっつくよ。わたしたち、仲よくするのが好きだから。……わたしはあんまり仲よくしてもらえなかったから、ミウとくっつけて嬉しいな」

ふんわり顔を赤くするナミはとても可愛かった。こんなに可愛い祝蝶がいるのに、アトルムは実羽にちょっかいを出したのだと思うと、理不尽な気がする。

「……そういえば、アトルム王子も砂漠に行ってるの？」

「ううん。今日は休暇でお部屋にいらっしゃるよ」

「え、休みなのに、ナミだけ出かけてるの？」

「アトルム様は働き者だから、聖騎士として休暇のときは、王族としてのお仕事をされているんだ。だからわたしには、好きにしていなさいって。邪魔になりたくないから、だいたい街に出ることにしてる」

「好きにって……ナミは祝蝶なのに」

なんだか、扱いが粗雑だ。顔をしかめた実羽に、ナミは誇らしげな、けれど寂しげな笑みを見せた。

「アルギュロスはきっと、とびきり優しいんだろうね。でもアトルム様は、香鱗もないような落ちこぼれのわたしを祝蝶にしてくれたんだ。形式的な関係でも、わたしには十分だよ」

寂しそうにしながらも、十分だ、と言いきるナミに迷いはなさそうだった。ナミがアトルムを大切に思って尊敬しているのが伝わってきて、実羽は唇を噛んだ。

祝蝶になってもいい、と言いつつ、アルギュロスにあれこれと言いたくなる自分は、心が狭いのだろうか。

(――よく考えたら、祝蝶になるなって言われたわけじゃなくて、今はだめって言われただけなんだよな)

過ちをおかしたくないという言い方は気にかかるけれど、悲観するほどのことでも、怒ることでもないはずだ。なのにそう考えてみても、心は晴れなかった。

見回せば、市場の出口はすぐ近くで、教えてくれたあの老人が笑顔で手を振っている。買い物にきた人たちも、ナミに気づくと胸に手を当てて挨拶をしてくれた。実羽が考えていたよりもずっと、一般の人にとってフェアリルは特別な存在のようだった。

「ナミは祝蝶になりたかったの? それともアトルム様と出会ったから、祝蝶になろうって決めたの?」

「うーん、最初はどっちだったかな。街の学校で騎士候補生たちと一緒に学ぶと決めたときは、祝蝶になるって決めてたわけじゃなかったと思う。わたしにはフェアリルの友達も少なかったから、人間と友達になれたらいいなとは思ってた。でも、アトルム様に出会ってすぐ好きになったから、選んでいただいたときは嬉しかったな」

「祝蝶って、人間から選ぶの？」

「人間からは告白だけ。あなたに祝蝶になってほしいって伝えて、フェアリルが同意すれば契約を結ぶのが普通だね。でも、頼まれたフェアリルが断ることはあんまりないかな。祝蝶になる気がなければ、街の学校には行かないから」

ナミはそう言うと、目をきらきらと輝かせた。

「ねえ、ミウは？　噂《うわさ》ではほんの小さな子供の頃に、アルギュロスの祝蝶になるって約束したんでしょう？　きみたちが一緒に過ごしてた時期は、わたしは学校にいたから全然知らないんだ」

「したみたいだけど、覚えてないよ」

「――記憶、まだ戻らない？」

気遣わしげにナミは表情を曇らせた。頷くと、つらいね、と自分のことのようにため息をつく。

「そんなところも恋歌みたいだけど、ミウにしてみれば思い出せないなんて、悲しいし不安だね」

ナミは根っから優しい性格のようだった。しょんぼりしているのが可哀相で、実羽はぎこちなく、自分にしがみついたナミの手を握った。

「おれは平気。思い出せたらいいけど、ただ待ってても仕方がないから、図書館にも行きたいと思ってるんだ」

「ミウは強いんだね」

感嘆したような眼差しを向けたナミは、ふと首をかしげた。

「でも、どうして図書館なの？　図書館で、あっちの世界での経験を執筆するの？」

「え、図書館って、こっちでは執筆とかする場所のことなの？」

「製本してくれる職人がいるから、本を書く人も使うよ。それで、その本が並べてある」

「おれは本が読めたらいいなと思って。記憶がないから、こっちの世界のことを勉強したいんだ」

「うーん、歴史の本は、あるかもしれないけど」

　ナミは思い出そうとするように空を仰いだ。

「わたしもあんまり入ったことがなくて。兵法とか、商業の心得、土地の治め方とか、あとは過去の偉人の伝記はあったと思う。でも、そういうのも、フェアリルが書籍にまとめるのを人間が真似たものだから、知りたいことを探すなら、森の図書館のほうが適していると思うよ」

「森のは、前に泊まったときに入ったことあるよ。でも、人間のことも知りたいから」

　そう言うと、ナミは嬉しそうな顔をした。

「そうだね。よかった、ミウも人間が好きで」

「おれの場合、ついこのあいだまで自分がフェアリルだなんて知らなくて、人間だと思ってたせいもあるけどね」

　あまり喜ばれると、少しだけ罪悪感がある。実羽は苦笑して、肩越しにナミの背中を見た。

「実を言うと、翅の出し方もよくわかんないくらい。……さっき畳んでたけど、やっぱり身体の中にしまうんだよね？　痛くない？」

「記憶がないと、そういうのも忘れてしまうんだね」

　痛ましそうに眉をひそめて、ナミは実羽の腕から離れると、背中を向けてくれた。

「当たり前のことだから、改めて出し方やしまい方を聞かれるとわからないけど。翅が背中にあるのがわかっているから、それを広げたり、畳んだりするだけなんだ。歩いたり、手を曲げたりするのと同じだよ」

よく見ると服にはスリットがあって、そこから白い背中が覗いたかと思うと、すぐに翅が広がった。

「ナ、ナミ、もういいよ、すごく目立ってる」

二、三度振る姿に、周囲の人が驚いて足をとめる。

「うん、すぐしまうよ、邪魔だしね」

しゅっ、と音をたてて翅が収納され、ナミは髪を払った。長い髪がちょうど背中を覆い隠す。

「おれの服は背中にあいてる部分はないけど、ほかの祝蝶のにはあるものなの？」

「ううん、わたしのだけだよ。普通の祝蝶は翅なんか出さないもの。森でも、めったに出さないよ。数年に一度の祭事で砂漠まで出向く者だけが、あちらで翅を広げて踊るんだ」

「そうなんだ。フェアリルってみんな髪が長いから、もしかして背中があいてる服を隠すためかなと思ったんだけど」

「それは髪が背中を覆ってると香鱗の匂いが飛び散りにくいって言われてるからだよ」

「……そっか。おれ、短いからかな」

やたら匂いのことを言われてしまうのは髪のせいか、と思い当たって、実羽はちょっとほっとした。向こうの世界で不安だったように、淫らな体質のせいではないなら嬉しい。

そこに、おおい、と大声がした。

「ナミ！　ミウ！　待ってくれ」

走ってきたのはコルウスだった。

「市場に行ったら、二人だけで出ていったっていうから。学校に行くんだって？　俺が送るよ」

「ありがとう、コルウス。すぐそこだから大丈夫なのに」

ナミが礼儀正しく微笑む。コルウスは「そういうわけにはいきませんよ」と額の汗を拭った。

「アトルム様は休暇でしょう。アルギュロスは砂漠に出発したばっかりだし、不在中になにかあったら大変だ。街中だってふいをつかれて、路地にでも連れ込まれたらおしまいなんだから」

心配してわざわざ追いかけてきてくれたようだ。面倒見のいい男なのだろう。

「今回辺境に出てる人数が多くて、街は手薄なんですよ。兵団の傭兵連中はあてになりませんからね。二人にも注意してもらわないと」

「でも、アトルム様は大丈夫だって。誰にもこの街のフェアリルには手出しさせないし、コルウスの祝蝶を連れ去った輩も、必ず捕らえてみせるとおっしゃってました」

「アトルム王子はいつも頼もしい」

誇らしげなナミにコルウスは笑って、角を曲がった。大通りの行く手には、阻むように大きな門がある。

「さ、あそこだ。途中になにごともなくてよかったです。門に入るまでお送りしますよ」

コルウスは布を巻いた実羽の頭と、ナミの輝く金髪とを見比べる。

「ナミも、ミウを見習って頭に布を巻いたらどうです？　目立ちませんよ」

「わたし、目立つのは嫌いじゃないんです。人に好かれているって感じられるから。――でも、たまにはいいかも。ミウ、よかったら明日も一緒に出かけない？　そのときはわたしも布を巻いてみようかな」

「うん。おれは、お願いできれば嬉しい」

こちらで初めての「友達」だ。顔を見あわせて笑うと、コルウスも微笑ましげに目を細めた。

「楽しそうでなによりだ。じゃ、帰りもお気をつけて」

「ありがとう、コルウス」

ナミを見た門番は誰何もせずに開けてくれる。実羽は手を引かれて鉄門の中に入り、なんの気なしに振り返った。

こちらに背を向けたコルウスに、町人らしき男たちが数人近づいていく。彼らは項垂れ気味で、コルウスはどうやら小言でも言っているようだ。話しながら立ち去っていく後ろ姿は険しげだった。もし市場の人が、護衛につかなかったと言って怒られていたら申し訳ないことをしたな、と実羽は思う。

（……明日は、屋敷の人に頼んで来てもらおうかな。どうせ今日のことで、アルギュロスには出歩いてたってばれちゃうんだし）

そう思いながら前を向いて、ナミと一緒に人目を遮るように植えられた生垣を回り、実羽は息を呑んだ。

そこは綺麗に手入れをされた、広大な庭園のように見えた。奥には宮殿のような、丸い塔のある白い建物が横たわり、さらにそのずっと奥に、堅牢《けんろう》そうな茶色の建物がそびえていた。中世のイギリスの城に似た、無骨な印象のフォルムだ。

「奥が国王の離宮で、アトルム様もあちらにいらっしゃるんだ。手前の白い建物が学園だよ」

短く刈り込まれた草地にかたちのよい木が植えられ、大きな丸い花壇には赤や白、紫の花が綺麗に並んでいる。白い砂を敷き詰めた道を進むと、草地に並んで座っている姿や、校舎を出入りする生徒たちが目についた。

白いお揃いの上着は制服だろうか。人間のほうが多いが、フェアリルもいる。親しげに話しながら横切ろうとした二人が、ナミに気づいてあわてて胸に手を当てた。

「こんにちは、ナミ」

「こんにちは」

ナミもにこにこと挨拶を返す。まだ十二、三歳に見える人間とフェアリルを見送って、実羽は思わずため息をついた。

「学校だと、みんなあんなふうに仲よしなの？」

「最長だと十歳から十八歳まで在籍するから、自然と仲よくなるよ。人間も寮で生活していて、一緒に過ごす時間が長いんだ。みんな聖騎士を目指しているから、フェアリルにはとても優しいの。お茶やダンスに誘ってくれたり、街に行きたいときには付き添ってくれたりね」

それは実羽でも嬉しくなってしまいそうだった。ダンスは恥ずかしいけれど、優しくされるのには弱い。けれど、それだけでは祝蝶になる決意はできない気がした。

「怖くなかった？　ほら、祝蝶って……十七年前には事件もあって、血を飲まされるとか、危険もあるんだよね。その、人間とだと、体液もらうなら、あれ……しかだめだし」

「そうだね、体液交換はフェアリルとするとしても、最低限人間と口づけをかわさなきゃいけないのは嫌だって言って、祝蝶にならないひともいるね。口づけが平気でも、人間の中で暮らすのは危険なこともあるから、怖いと思っている祝蝶はいると思う」

「……だよね。普通は、嫌だし怖いよな」

「でも、わたしたちは人間が好きなんだ」

「――好き？」

意外な答えだった。うん、と屈託《くったく》なく頷いて、ナミは草の上に並んで座った二人に目を向ける。見つめあって話している彼らは、まるでお互いしか視界に入らないかのようだ。

「存在として好きだから、恋もしてしまうんだとわたしは思うよ。ミウも、すごいって思わなかった？　この街はとても大きいでしょう？」

「それは……思ってたより大きくて、立派でびっくりはしたけど」

「わたしも初めて街に出てきたときはびっくりしたよ。こんなにたくさん人間がいて、いろんなものが売ってるし、街道を辿っていけばリスタリニア以外にも国があって、そこにもいっぱいいっぱい人間がいるの。優しい人も、ずるい人も、怖がりな人も、強い人も、赤ちゃんも老人も、フェアリルとは比べものにならないくらいいろんな人がいて、見ていると飽きないんだ。彼らと話すのは楽しいし、同じ世界で生きていられるのが、わたしはとても嬉しい」

ふわりと金髪を舞わせてこちらを向いたナミは輝くようだった。

「わたしはたしかにちょっと変わり種のフェアリルだけれど、たぶん祝蝶はみんな、どこかしらで人間が好きだったり、興味があったりすると思うよ。ともに生きていくために、彼らが愛してくれと言うなら、癒しの力も幸運も、授けたいって思うんだ。きっと、はじめのフェアリルたちも、同じ気持ちだったんじゃないかな」

「初めて祝蝶になったフェアリルと騎士は、愛しあってたみたいだもんね」

「ううん、もっと前。はるか昔に神様がこの世界から去ったとき、フェアリルが一緒に天に帰らなかったのは、きっと人間が好きだったからだよ」

言われて、ふっと胃の底が熱くなった。すとんとあたたかく丸いものが落ちて、空いていた穴にはまったみたいな心地。

「——そっか。そう、なのかも」

メネラウスの話を聞いたときには、なぜなんだろう、と疑問だった。なにひとつフェアリルにはいいことがないのに、祝蝶の仕組みが続いているのは歪だと感じたけれど、ずっとずっと昔から好きだったなら、わかる気がする。自分たちとは違う、隔たった遠い生き物を愛しく思う心が、どうしてか、納得できてしまう。

たったそれだけ、と言えばそれだけの、他愛のない理由だ。

でも、好きだと嫌いにはなれないのを、実羽もよく知っている。

ね、と頷いて、ナミは優しい顔をした。

「砂漠を離れて森で暮らしはじめてからも、襲われて、怖い目にあったなら、そのときはまだ地上を離れることもできたはずでしょう。なのにそうしないで、残ることを選んだんだ。神話の時代からは長い時が流れて、わたしたちにはもはや神の世界に行く術はない。かわりに異界に行くことはできるけれど、異界の知識がとても役に立つものだと知っていてもめったに行かないのは、ここで人間とともに暮らすのが一番だと、無意識のうちに感じているからじゃないかな。——フェアリルって、基本的に愛することが好きな生き物だから」

「愛するのが好き、か……」

はー、とため息をついて、実羽はなんだかぼうっとした。胸がどきどきしていて、安堵したような、泣きたいような気持ちがする。震えるほどのその感情は、遠い昔のフェアリルたちと、目の前に立つナミへの、深い共感だった。

「おれ、初めて自分がフェアリルなんだなって、納得できた気がする」

「ミウはフェアリルそのものじゃない」

おかしそうにナミは笑って顔を近づけた。

「だって、わざわざ異界から戻ってきたんでしょう。大切な人のために」

「戻ってこようと思って来たわけじゃないよ。記憶がなかったんだもん」

「記憶がなくても、アルギュロスへの思いがあったから、きっと帰ってこれたんだよ。——愛の力、だね」

鼻先が触れそうなほど至近距離で嬉しそうにされて、実羽は照れて顔を背けた。

「そっちこそ。ナミってすごくアトルム様のこと好きみたいじゃん」

「もちろん、大好きだよ」

てらいもなくまっすぐにナミは返してくる。

「アトルム様がわたしを選んでくれたのは、あの方がとても優しいからだもの」

「――おれにはよくわかんないけど、王子様がナミに優しいならよかったね」

「わたしにだけじゃなくて、誰に対しても優しいんだよ。いずれ王になる方だから、お妃《きさき》を迎えなくちゃいけないでしょう。そのときに祝蝶にもお妃になる人にも嫌な思いをさせないようにって、わざわざ香鱗の出ないわたしを選んで、手以外には決して触らないんだ」

うっとりとナミは目を閉じたが、実羽は驚いて「え」と声が出てしまった。

「触らない、の？　でも、えっと、体液は？」

「交換したことはないよ」

「……祝蝶なのに？」

「書類の上ではね。リスタリニアの王子は、次期王にふさわしいと国民に証明するために、一度は聖騎士になる決まりだから契約しているだけで、アトルム様はフェアリルの力を必要とはされてないの。……これはメネラウスには内緒にしてね。きっとすごく怒るから」

悪戯《いたずら》っぽく唇の前に指を立てられて、実羽のほうがせつなくなった。

（ナミはアトルムのこと好きなのに、そんなの、ひどくない？）

「全然お役には立てないけど、わたしはずーっとアトルム様の祝蝶でいたいなあ。あっ、こっちはアトルム様にも内緒ね。ご迷惑になっちゃうから」

歌うように言うナミが幸せそうなのが、却って寂しい。おれだったら耐えられない、と考えて、実羽は耳を赤くした。

身体の奥から、恥ずかしさと後悔が込み上げてくる。

（……おれ、バカみたい）

勢いこんで、ひとりででも街くらい歩ける、こっちでもやっていける、と考えていたけれど、結局まだ、アルギュロスに愛されていたいのだ。放り出されてしまうなら、頑張ってやっていかざるをえないけれど、その前に――本当は、突き放されたくない。

今はちょっとアルギュロスが嫌い、だなんて、ただの強がりだ。虚勢を張って自分を奮い立たせていないと、だめになりそうだから。

（なんで、もっとちゃんと訊かなかったんだろう。祝蝶になるの、どうして今はだめなのか、食い下がれば教えてもらえたかもしれないのに）

首を噛んだことも、恥ずかしいことばかり言うのも、彼なりに理由はあったのだから、今回だってきっと同じだ。毎回こちらから譲歩しているとか拗ねたりしなければ、こんなにもやもやしないですんだ。

会いたい、と思うと今すぐ屋敷に帰りたくなって、実羽はナミに声をかけようとした。

顔を上げ、正面から近づいてくる人に気づき、ぽかんと口が開く。

「――アトルム、様？」

すっかり見慣れた聖騎士のマントを翻《ひるがえ》しているのは、たしかにアトルムだった。振り返ったナミは、輝くような喜びを全身から発散させて、彼へと駆け寄っていく。

「アトルム様！　休憩にお散歩ですか？」

「我が愛しの祝蝶が戻ってきていると聞いてね。ミウも一緒とは驚いたな」

飛びつきたそうに近づいたナミに穏やかな目を向けたアトルムは、実羽を見ると首をかしげた。

「なにやらひとりで街を歩いていたとか。アルが許可したのか？」

「……許可はされてないけど、したかったから」

自分でも意地を張りすぎたと反省しているところなのに、アトルムにまでうるさく言われたくなくて、実羽は顎を引いて彼を睨んだ。アトルムは苦笑してひらりと手を振る。

「そう怖い顔をするな、もしやと思って聞いただけだ。アルにあまり心配をかけないでくれると、僕としてもありがたい」

「ミウは図書館を使いたいんですって。これから行くところなんです」

横からナミが助け舟を出してくれる。

「わたしも一緒だから、街でも少しも危なくありませんでしたよ。コルウスも送ってくれましたし」

「──まあ、すぎたことはよしとしようか。図書館には僕も行こう。帰りはミウを屋敷まで届けるからね」

ため息をついて、アトルムは思い出したようにナミの手を取った。膝を折ってお辞儀するように顔を伏せ、手の甲に口づける。

「挨拶を忘れるところだった。おかえり、ナミ」

「戻りました、アトルム様」

口づけられたナミは頬を染め、ひどく幸せそうだった。おしいただくようにじっと唇をつけていたアトルムの横顔も慈しみに満ちている。中世の騎士と姫君のようなやり取りだと気づいて、実羽はどきっとした。

（もしかして――アトルムもナミのこと、本当は好きなんじゃないの？）

実羽のときとは全然態度が違う。背筋を正してナミを見下ろし、そっと促す仕草も、ナミを心から大事にしているとしか思えない丁寧さだ。

ナミは口づけされた手を胸に抱きしめて、にこにこと話しかける。

「お仕事、少しは進みました？」

「進んでいるが、その分どんどん増える。そのうち禿《は》げそうだ」

「わたし、アトルム様は髪の毛がなくっても素敵だと思います」

並んで歩き出す後ろ姿は、いかにもお似合いの二人だった。寄り添うというには少し距離があるのが不自然なほど、実羽の目には仲睦《むつ》まじく映った。

あの挨拶はアトルムとナミにとって、唯一自分たちに許せる触れあいなのかもしれない。

だったら余計だ、と実羽は思う。

（おれだったら……好かれてるってわかったら、きっと）

ナミみたいにはなれない。

実羽ならもっとほしい。抱きしめられたいし触りたいし、もっともっと――知ってほしい。

突き放さないで、そばにいることを、アルギュロスにも喜んでほしい。

自分の思いに気づいてしまえば、心臓がきりきりと冷たく痛む。しゃがみ込みたくなって、実羽は俯いた。

いらいらしたのも、詰りたいのも、傷ついたからだ。アルギュロスに思ったよりも好かれていないかもしれないと不安で、怖いからだ。

(——子供の頃のおれは、見返りなんかなくても滝壺に飛び込めたのに)

「ん？　僕たちがいちゃいちゃしすぎて遠慮したかな、ミウ」

アトルムが振り返って声をかけてくる。

「遠慮はいらないぞ。羨ましいなら、きみもさっさとアルの祝蝶になればいい」

のんきなアトルムの声が、残酷に聞こえた。

「メネラウスは悔しがるだろうが、なに、ミウが戻れば祝蝶になるのは決まっていたも同然だ、怒らせておけばいいさ。うまくいけばそのうち、きみらが心から愛しあっているなら仕方ないという境地になってくれる」

「アルギュロスとミウならお似合いですもんね。——わたしは」

夢見るようにはずむナミの声もつらい。

「わたしは、祝蝶と聖騎士は、昔のように、愛しあう者同士でなるべきだと思うんです。そうじゃなかったら、本当は意味がないでしょう。力をあわせて同じものを守ろうとするのに、形式だけのつながりなんて寂しいもの」

「うむ。わが祝蝶は常に心が清らかだ。美しいよ、ナミ」

「ありがとうございますアトルム様。アトルム様もかっこいいです」

ナミはそう言うと戻ってきて、実羽の手をひっぱった。

「ほら、行きましょう。アトルム様が一緒だから、図書館でもいろいろ教えていただけるよ」

「――うん」

あんなに行こう、と思い詰めていた図書館なのに、今はそういう気分になれなかった。つきあってくれているナミたちに帰りたいと言うわけにもいかず、とぼとぼとついていきながら、胸の中は暗く渦を巻いていた。

どうしよう、と呟きが漏れそうになる。

(……どうし、よう)

この醜さを、アルギュロスが気づいているとしたら。フェアリルなのに、人間よりも強欲なのだと悟られていたら。

だから、今は祝蝶にできない、と遠回しに拒まれたのだとしたら。

(――嫌われてたら、どうしよう)

無性にアルギュロスに会いたかった。せめて声が聞きたいが、この世界では遠くにいる人の声を聞く術もないのだ。

その夜、実羽はなかなか寝つけなかった。

いつもなら、アルギュロスと話したり、勉強の続きをやったりしているうちに自然と眠くなって、ベッドに入ればすぐ寝てしまう。だが今日は、疲れているのにうまく眠りに入れない。

何度寝返りを打っても眠れそうになく、諦めて起き上がった。

丸いテーブルに用意された水を飲んで、広い部屋を眺める。誰もいないベッドを振り返ると、きゅっと胸がよじれた。

(そういえば、こっちに来てから、夜眠れなかったことってない)

この家で、夜をアルギュロスと過ごさないのは初めてだ。オアシスから戻って微妙にぎくしゃくしているあいだも、夜だけは同じベッドで眠っていた。他人と同じ布団の中で寝るなんて、これまで経験のないことだから、もっとストレスになってもよかったはずなのに——なぜか当たり前のように、一緒に寝ても平気だった。

覚えていなくても、思い出せなくても、無意識のうちに彼に心を許していたからだろうか。

実羽はため息をついた。水をもう一杯カップにそそいで飲み干して、部屋の奥のドアを見る。あの扉の向こうはクローゼットで、朝にはメイドたちが服を持ってきてくれる。あそこに入ればアルの服もある、と考えて、首を横に振った。

服を持ってきて一緒にベッドに入るのは、やってはだめな気がする。人として、そういう行為は褒められたものではないはずだ。でも。

恋しい。

ごく小さな灯《あか》りしかない暗い部屋にいると、意地を張る気概もなくなる。結局、音をたてないようにドアを開け、服が並んだ小部屋に身をすべりこませた。

いくつもあるアルギュロスの服の中から、裏地が赤いマントを取って、身体に巻きつける。ちゃんと洗濯されていても、包まれれば彼の匂いがほのかにして、実羽は崩れるように座り込んだ。

「……ん、……っ」

きつく巻きつけたマントに顔を押しつけて声は殺せたものの、芽生えた熱はごまかせなかった。ずくんと脈打った股間はすぐにかたちを変えはじめ、後ろの孔がむずむずしてくる。皺を伸ばして受け入れる異物感が蘇り、浅く息が乱れた。

アルギュロスの匂いで欲情するなんて変態みたいだ。やめなきゃ、と思うのに、巻きつけたマントをほどく勇気が出ない。むしろ足りないほどで、実羽は何度も息を吸い込みながら、落ち着かなく太ももをこすりあわせた。

射精して楽になるなら出してしまうのだが、身体が欲しているのは別のものだ。入れられてそそがれたいのだ、と思うと羞恥で気が遠くなりそうなのと同時に、変だ、と不安にもなった。

アルギュロスの精液をもらったのは一昨日の夜だ。まだたったの二日で、こんなに疼くのはおかしくないだろうか。街を出歩いていろいろ考えて、たしかに疲れてはいるけれど。

（………お尻が……、寂しい、みたい）

中に硬いものがおさまっていないのが、もどかしくてたまらない。

実羽は腹を抱えるようにして前のめりになり、深く匂いを吸い込んだ。

「——アル。ア、ル……」

男っぽい匂いが甘い媚薬のように鼻の奥に届いて、ひくひく腹が痙攣する。うずくまるというより這いつくばる格好で、こんなことをしている自分はみっともないと思う。思うのに、こうしていると心を覆っていた鎧《よろい》が溶けていくようだった。

怖い。

アルギュロスに嫌われてしまったら、いまだに慣れきれないこちらの世界で生きていくのが心許ないだけじゃない。十一年も、異世界まで旅して頑張ってきた時間全部が、滝壺に飛び込んだ決意までもが、無駄になってしまうのが、怖い。

「帰ってきてよ……」

どうせ誰も聞いていない、と思うと、掠れて弱々しい声が漏れた。目を閉じて何度もマントに頬ずりし、彼のぬくもりを思い出そうとする。

そばにいて。ひとりにしないで。目をあわせて好きだと言って、いっそ血を飲ませてほしい。苦痛でもかまわない、つなぎとめて、もう二度と離れられないようにしてくれたら、どんなに——どんなに、幸せだろう。

痙攣するように、びく、と腰が跳ねた。熱が股間から広がって、きつく唇を噛む。ゆっくり下着が濡れていく感触は、ひどく惨めだった。

せっかく迎えにきてくれたナミに元気を取り繕うこともできずに、出かける予定は取りやめにしてもらった。明日はきっと、と約束してくれたナミは心配そうに帰っていった。付き添っていたアトルム王子にも申し訳ないことをしてしまった。

でも、身体がだるくて、歩くのさえ億劫だった。食事も喉を通らず、おれってこんなに繊細な性格だったっけ、と自嘲《じちょう》しつつ、実羽は一日のほとんどをベッドの上で過ごした。

恥も外聞もなく持ち込んだアルギュロスのマントにくるまっていれば眠れたので、うとうとしているうちに夕方になった。

こんな自堕落な一日を過ごしたのは生まれて初めてだ。こまめに様子を見に来るメイドが用意してくれた、果物を絞った飲み物を口にして、明日はだるくてもちゃんと出かけよう、と自分に言い聞かせていると、ばたばたとあわただしい気配がした。

ノックもなくドアがひらき、顔を出したのはコルウスだった。

「ミウ！　よかった、今日は家にいたんだな」

「コルウス……どうかした？」

普段は笑顔の彼らしくもなく、険しい表情だった。なにかあったのかとベッドを降りると、近づいてきたコルウスが肩に手を回してきた。

「支度はいいから、すぐに馬車に乗ってくれ。メネラウスのところに行くんだ」

「森に？　なんで？」

「街外れで死体が見つかったんだ。どうも盗賊の仲間割れのようだ。おそらく、フェアリルを狙う連中だと思う」

　忙しなく言われた「死体」という言葉に、ぞっと背筋が冷たくなった。

「隣国の情勢もいよいよって感じらしいからな、あいつら、稼ぎどきを逃したくなくて、強硬手段に出て騎士の館を襲うかもしれない。全部の屋敷を警護できればいいが、今街は手薄だから、辺境警備に出ている聖騎士の祝蝶には、いったん森に集まってもらうことにした。ミウも、急いでくれ。日暮れ前には着きたい」

「わ、わかった」

　ただごとではないのだ、と思うと震えそうで、実羽はアルギュロスのマントを羽織った。一瞬もの言いたげな顔をしたコルウスだったが、「急いで」と背中を押してくる。付き添われて廊下に出ると、使用人長はおろおろとしていた。

「コルウス様……アルギュロス様が不在ですので、わたくしどもの一存では」

「きみたちの一存じゃない、聖騎士団の判断なんだ。主の不在中に大事なフェアリルが襲われたら、叱られるどころではすまないぞ」

　ぴしゃりと言ってコルウスは階段を降りる。走るようにして屋敷を出ると、門のすぐ外に馬車がとまっていた。街で見かけるのよりも大きな二頭だてだ。そばに立っていた男は、実羽とコルウスを見ると扉を開けた。中には別の護衛風の男と、怯えた表情のフェアリルが二人乗っていた。

「メネラウスには話を通してある。俺もすぐに追いかける」

実羽が乗り込むと、コルウスはそう言ってドアを閉めた。がちゃんと閂《かんぬき》をかける音に、フェアリルたちが身を竦める。向かいの席に座った男はうっすらと笑みを浮かべた。

「飛ばしますからね。舌を噛まんよう、おとなしくしててください」

微妙に粗野な口調に、実羽は落ち着かない思いで座り直した。馬車は彼の言葉どおり、動きはじめるとすぐにスピードを上げ、大きく車体が揺れる。倒れ込みそうになったフェアリルの肩を、実羽は抱きしめた。

「大丈夫？」

「は、はい。……すみません。普段はあまり馬車にも乗らないし、森に戻るときはいつも、もっとゆっくり走るから……」

「急いだほうがいいみたいだから、仕方ないよ。お互い掴まってよう」

もうひとりにも手を差し伸べて握りあうと、男が再び笑った。

「フェアリルってのは仲睦まじいですね。俺の国じゃあ、人間同士だってそうはいかない」

「——リスタリニアの人じゃないの？」

「生まれはだいぶ遠くですよ。コルウス様は傭兵あがりにも優しいんでね、部下にしてもらった」

「……そう」

ほんの些細な違和感が胸を掠めた気がして、実羽は眉をひそめた。だが、原因がわからない。実羽と右手をつないだフェアリルが、ぽつんと呟いた。

「コルウス様もおつらいでしょうね。兵団から抜擢されて騎士になって……無事に祝蝶も得られたのに、攫われてしまったんだもの。せめてぼくたちだけはってこうして助けてくださるなんて、素晴らしい方です」

コルウスが聖騎士になった経緯は初めて聞いた。すべての聖騎士がフェアリルと一緒の学校に通ってなるわけじゃないのか、と思って、実羽はかるく首を振った。

妙に不安なのは、死体だなんて生々しい言葉を聞いたからだろう。違和感はきっと気のせいだ。

窓の外に目を向ければ、見覚えのある景色が飛ぶようにすぎ、森の木々が迫りつつあった。

激しい揺れに揉まれながら二十分もすると、森の中の門に着く。誰何もなくひらいて中に迎えられ、馬車を降りると、メネラウスが駆け出てきた。

「ルリ！　ペリクレス！　ミウも……よかった、さあ入って」

案じていたのか、彼は抱き寄せるように建物の中に三人を引き込む。

「怖かったでしょう。今あたたかい飲み物を用意させます。いらっしゃい」

城壁を兼ねた建物から中庭へと出て、メネラウスは別の建物へと実羽たちを案内した。広い一軒家の中には大勢フェアリルがいて、実羽たちを見るとほっとしたような笑顔が広がった。

よかった、と涙を浮かべているのは、以前お茶を出してくれた女性だ。仲間に迎えられたほかのフェアリル二人はすぐに輪にまじっていったが、実羽はちょっとためらってしまった。

巻いてきたアルギュロスのマントのせいもあって、なんだか自分が浮いている気がする。

「ミウ。休まなくてもいいなら、少しこちらへ」

　後ろからついてきたコルウスの仲間に耳打ちをされたメネラウスが、小声で言って実羽の袖を引いた。

　踵を返して城壁内に戻ると、コルウスが荒い息をつきながら待っていた。メネラウスを見ると、鎮痛な表情で首を横に振る。

「残りはだめでした、移動のほうが怖いと言って。できるだけ学校に集まるよう指示は出していますので、大丈夫だとは思いますが」

「仕方ありません。ほとんどこちらに集めてくれたのですから、十分です」

　メネラウスは急ぎ足で応接室へと向かう。部屋に三人だけになると、大きくため息をついた。

「辺境警備に連れ出されたフェアリルは二人だと言っていましたよね」

「はい。……とめられずに申し訳ない」

「あなたのせいではないでしょう。でも、とても許しがたいことです。危険な砂漠に祝蝶を連れていくなど」

（警備って……アルが行ってる任務のこと？）

　怒りに震えた声を出すメネラウスと、苦しげなコルウスを交互に見たが、二人とも、実羽のことなど目に入らない様子だった。

「どこかで、こういうことになるんじゃないかと恐れていたんです」

　重たい、悔しげな声を出して、メネラウスは投げ出すように椅子に座る。

「重々承知しているつもりでした。献身的すぎる人間など、疑ってかかるべきなのだと」

「あなたは賢明なお方だ。用心していただけでも素晴らしいことですよ」

コルウスは慰めるように言って、実羽を振り返った。

「ミウも座ったほうがいい。つらいことを伝えなくちゃならない」

「――なに？」

ずきん、と痛みとも冷たさともつかないものが心臓を貫いて、実羽はふらりとコルウスのほうに踏み出した。

「さっきから、全然話が見えないんだけど。つらいことってなに？」

「最近頻発していた祝蝶襲撃の首謀《しゅぼう》者がわかったんだ」

絞り出すようにコルウスが告げる。

「国境近くの街でも狙われていたのは、ミウも知ってるよな。向こうで襲撃しようとした賊が捕まったんだが、中に騎士がまじっていた。そいつが、アルギュロスの元部下だったんだ。観念したのか、すべてアルギュロスの指示だと口を割った」

「そ……そんなの、でたらめかもしれないだろ！」

あるわけない、と実羽は思う。アルギュロスがフェアリルを攫ってほかの国に売りつけて、得することなんてひとつもないのだ。

「その元部下が、アルを勝手に逆恨みして、罪をなすりつけようとしたんじゃないの？」

「証拠はほかにもあるんだ、ミウ」

残念だが、と首を振るコルウスは、もうアルギュロスが首謀者だと信じているようだった。

「今回の任務に行く聖騎士に、祝蝶を連れてくるように命じたのも彼なんだ。四日で戻る予定の仕事に祝蝶を連れていくなんて前例がない。――こんなことを言いたくないが、賊相手に売るつもりかもしれないし、その前に大勢で楽しんでいる可能性だってある」

「――楽しむ？」

「フェアリルの体液は癖になるんだ。自分が強く、特別な存在になった気がして、毎日でもほしくなってしまう。アルもきっと、ミウのでやみつきになったんだろう」

「……やめて」

「あいつは根が真面目なやつだ。でも、そういう人間ほど、思い詰めてとんでもないことをやらかすからな」

「やめてってば！」

聞きたくなくて叫ぶと、メネラウスが厳しい声で実羽を呼んだ。

「冷静になりなさい、ミウ。きみは私に、黙っていることがありますね？」

「――なんのこと？」

実羽を見る青い瞳は冷ややかだった。まるで実羽まで敵か裏切り者のように見据えて、メネラウスは自分の首筋を押さえた。

「きみのここに、痕があるでしょう。噛まれたような痕が」

はっとして手で隠しかけ、実羽は呆然とした。いつ、誰に見られたんだろう。もう薄くしか残っていない傷を見られたとしたら、噛まれた翌日の街かオアシスか、昨日しかない。

「これは……ただ、……悪い意味じゃ、なくて」

「痕が残るほど嚙むのにいい意味も理由もないでしょう」

ぴしゃりと遮られ、絞られるように身体の芯が痛んだ。印がほしいと言ったアルギュロスの声と自分の気持ちを思い出す。けれど、ありのまま説明したところで、きっとメネラウスには伝わらない。

「血を飲まされたわけじゃないよ。アルはおれを傷つけようとしたわけじゃない」

「きみは騙されているんです、ミウ」

　メネラウスは嫌悪するように顔を歪めていた。

「信じたい気持ちはわかります。きみは昔から彼を大事に思っていましたからね。私でさえ、ミウがいなくなってからの彼を、献身的だと思いかけていた。祝蝶が攫われるのはアルギュロスが街に不在のときだけで、見つけて救い出されるときは必ず彼が指揮していると気づくまでは、信じそうになっていました」

　実羽はマントの端を握って立ち尽くし、やるせなさそうに首をうち振るメネラウスを見つめていた。彼は実羽の言い分に耳を貸す気がないのだ。メネラウスと自分のあいだに、深い亀裂ができていくようだった。

「おかしい、と感じはじめたところでミウが戻ってきて、嫌な予感がしたんです。もしかしたらアルギュロスも本性を現して、ミウに血を飲ませるんじゃないかと――そうなったら即刻祝蝶の制度はすべて廃止するつもりでしたが、ミウを手に入れるどころか、我々をモノのように売り買いするだなどと、このうえない裏切りです」

「アルギュロスはもしかしたら、人質にされたことでフェアリルを逆恨みしていたのかもしれませんね」

　神妙な顔でコルウスが口を挟み、実羽は悲しい気持ちになった。

「アルは逆恨みなんかしないよ。人質になったことだって、誰も恨んだりしていない」

「ミウ、思い出したんですか？」

「……思い出しては、いないけど」

「では現実を見なさい。きみは裏切られたのです。私としては、彼もミウだけは特別扱いなのだろうと思っていましたが――復讐の前にはどうでもいい存在だったようですね。血を飲ませるまでもないようですから」

「――」

「最悪、きみも共犯になっている可能性も考えていましたけど、関わっていないならなによりです。今後祝蝶の制度を廃止にすれば、我々は自分たちで己を守っていかなくてはなりません。ひとりでもフェアリルが多いに越したことはない。……もっとも」

　すっと立ち上がって、メネラウスは実羽の横を通ってドアへと向かう。

「いっそ、あの男がきみに執着してくれたほうがよかったとは思いますがね。そうしたら大勢のフェアリルを危険に晒さずにすんだ」

　憎々しげな口調だった。傷つけるために言われた言葉がざっくりと刺さって、実羽はとても顔を上げられなかった。

メネラウスが出ていくと、コルウスが居心地悪げに頭を掻いた。

「相当お怒りだなあ。これでリスタリニアの聖騎士も本当に終わりかもしれないな」

「……あんまり残念そうじゃないね」

「終わりなら終わりで、俺ごときが抗ったって仕方ないからね」

飄々《ひょうひょう》と肩を竦めて、コルウスは唇の片側だけを上げてにやりとした。

「なに、ミウも心配はいらないさ。血さえ飲まされてなきゃ、おまえたちはどこでだって可愛がられる。利口になって、せいぜい楽しむほうがいい。どうせ今ごろ、アルギュロスだって他人の祝蝶とお楽しみだからな」

俺は酒でももらってくる、と出ていく足取りは軽やかだった。屋敷に迎えにきたときは血相を変えていたのに、と思って、実羽は床に座り込んだ。

（なんで、二人ともアルの悪口ばっかり言うんだろう）

覚えていない実羽よりも長い時間をアルギュロスと過ごしているはずの二人が、揃ってアルギュロスのせいだ、と信じているのが怖い。絶対そんなはずない、と思うのに、「首謀者でない」証拠を示せないのが悔しかった。

なにより一番嫌なのは、自分が動揺していることだった。

ずきずきと心臓が鳴りやまないのは――ほんのわずか、どこかで、実羽自身にも不安があるからだ。

アルギュロスには、実羽に対して口にしないことがある。仕事上のことかもしれないし、触れたくない傷なのかもしれないけれど、すべてを打ち明けてくれているわけではないのは、なんとなくわかっていた。だから全部が実羽を欺《あざむ》くための演技だったと言われても、否定はできない。祝蝶になるという申し出を喜ばずに、言葉を濁して先延ばしにするようなことを言ったのも、もしアルギュロスがフェアリル自体を憎んでいるせいだったら。

（……だったら、おれが嫌われても仕方ないよね）

無関係のフェアリルを売り飛ばすくらい苦しみが深かったということだ。実羽が好いてもらえるわけがない。

嫌われるのはつらいけれど、アルギュロスは悪くない。

せめて過去を覚えていれば、と唇を噛んで、実羽は大きくかぶりを振った。だめだ。いつのまにか、自分までアルギュロスが首謀者だと思い込みそうになっている。おれがこんなでどうするんだ、と自分自身を叱咤《しった》して、実羽は決めた。

せっかく森にいるのだ、泉に行ってみよう。

誰かを摑まえてキスするのはいつでもできる。その前に泉の水で記憶が戻るか試すのだ。

記憶が蘇れば、アルギュロスが犯人じゃないと確信できるかもしれないし、犯人だとしても、なにか彼のためにできるかもしれない。

（——おれ、もっとアルのこと知りたい）

そっと応接室のドアを開けると、廊下には誰もいなかった。耳を澄ませると中庭から賑やかな声が遠く聞こえてくる。まるで宴《うたげ》のようで、音楽まで奏でられているのが少し奇妙だった。

だが、おかげで誰かに見咎められることもない。

小走りに暗くなった廊下を進み、奥のドアを開けて外に出る。以前墓地へと連れていかれた道を辿って、途中で細い脇道へと逸れた。ほのかな月明かりと残照とで、迷う心配はなさそうだ。

(——不思議。思い出してないのに、こっちだっていう気がする)

誰かが誘っているかのように、足は自然と動いた。上り坂をくねくねと進み、覆いかぶさる茂みをかきわけていくと、ほどなく、小さな光るものが舞った。

薄青の翅を持つ蝶だ。すうっと横切った蝶を目で追うと、木立の中に幾羽もの蝶が踊るように飛んでいた。

金や銀、青や赤。淡く光る、雨の夜に滲む灯りのような、どこか懐かしい色だ。

そちらに踏み込むと、すぐに水の匂いがした。花をつけた苔《こけ》が岩を彩り、甘い香りが漂っている。

想像よりもずっと小さな泉の縁に膝をつくと、水底には丸い銀色の輝きが見えた。

あのときと一緒だ。見上げれば暗い空と木々を背景に、蝶がひらひらと舞い続けている。

本当にあちらからこちらへと帰ってきたんだ、と思うと、ちょっと勇気が湧いた。

川に意味もなく落ちたのではなく、自分の中のミウはきっと、ここを目指して、飛び込もうとしたのだ。

思い出させて、と願いながら、実羽は両手で水を掬った。冷たいそれに唇をつけ、一息に飲む。二度、三度と飲み干して、特になんの変化もないなとがっかりしかけたとき、急に意識が遠のいた。

(……あれ?　なんで……疲れが癒えるっていうより、これじゃ逆……)

疲れきってしまったときのように身体が力を失って、地面に倒れ込む。

そんな、と焦る気持ちをよそにまぶたが重くなり、実羽はそのまま眠りに落ちた。

誰かに揺さぶられたような気がしてはっと身体を起こすと、あたりはすっかり暗かった。一瞬、また知らない場所かと焦ったけれど、すぐそばには泉があって、蝶たちは岩場にとまって翅を休めていた。星がたくさん出ている。

「――アルギュロス」

呟いてみても、寝てしまう前との変化は感じられない。劇的に思い出しました、とかはないのかと落胆しつつ、実羽は立ち上がった。幸い、疲れには効いたようで、身体はかるい。

メネラウスが気づいていないといいけど、と思いながら急ぎ足で館へと戻って、みんなが集まっていた中庭の家に行こうとしたところで、実羽は足をとめた。

大柄な男が、ちょうど中庭側から、フェアリルを担いで入ってくるところだった。実羽と目があうと、狼狽えたように瞳孔がひらく。担がれたフェアリルは意識がないのか、手がふらふらと揺れていて、ざっと鳥肌が立った。

「だ、――ッ」

きっと攫うのだ、と悟ってあげかけた叫び声は、後ろから伸びた手で遮られ、実羽は口を覆う手と腰に絡む手とに身を竦ませた。実羽を捕まえた男は、面白がるように低く笑う。

「大きな声を出すんじゃない、ミウ」

（――コルウス！）

足が宙に浮いた。軽々と実羽を持ち上げたコルウスは、耳元に口を近づけてくる。

「探したんだぜ？　おまえが一番狙いだったんだからな」

たっぷり嘲《あざけ》りを含んだ声音は、朗らかでお人好しだった今までとはまるで別人だった。

「おとなしくしておいたほうがいい。痛い思いも怖い思いも、おまえらは好きじゃないだろう？」

どうして、と呆然としてしまう。いつ会っても親切で、ナミだって信頼していた人だ。あのメネラウスでさえ、コルウスの言うことは信じきっていたのに。

（……こいつが、首謀者だったんだ）

冷たい汗が浮かんでくる。館の中は奇妙なほど静まり返っていた。たくさんいたはずのフェアリルはどこにいったのか。メネラウスは無事だろうか。

呆然としているうちに、コルウスは実羽を建物の外へと運び出した。大きな荷台に覆いをかけた馬車がとまっていて、周囲には複数の男たちがたむろしていた。コルウスは自分の脇でフェアリルを担いだ男に顎をしゃくる。

「もういい、適当なところで引き上げろ」

「でも、まだ十人も積んでませんよ。こいつで八人目で」

「なら、ミウを入れて九人だ。前のとあわせりゃしばらく遊んで暮らせる」

ひっ、と喉を鳴らすようにして笑ったコルウスは、荷台へと実羽を放り込んだ。つんのめって手をついた実羽は、くにゃりとやわらかい感覚に目を見ひらく。

投げ出された誰かの腕だ。目を上げれば、暗い荷台には幾人ものフェアリルが横たわっていた。誰も動かない。

「っ、なにを、なにをしたんだよ！」

急激に怒りが込み上げて、実羽は振り返った。覆いを閉じようとしていたコルウスは、片頬を歪めて笑ってみせる。

「ちょっと酒を飲ませただけさ。フェアリルはたいてい酒に弱い。念のため、おとなしくなる薬をすこーし混ぜたがね」

「こ、こんなことして……あんただって聖騎士なのに」

自分の祝蝶が奪われて、無事でいてくれればいいと寂しげにしていたはずだ。けれど、コルウスは蔑《さげす》むような目で実羽を見下ろした。

「もちろん、聖騎士だったさ。フェアリルを手に入れるには、一番都合のいい身分だからな」

覆いが閉じられる。間髪を容《い》れずに馬のいななきが響き、馬車が動き出した。周囲では馬の足音が入り乱れている。何人いたっけ、と思い出そうとして、実羽は唇を嚙んだ。

どうしよう、とそればかりが浮かぶ。

再度見回しても、大きな揺れにもかかわらず、フェアリルたちが目を覚ます気配はない。すぐ近くのフェアリルは苦しそうで、実羽はそっと手を握った。

なにもできないのが悔しい。アクション映画なら荷台から御者のほうまで移動してやっつけるとか、飛び降りて周囲の男と戦うとか、そういうシーンになるだろうに、実羽の力ではとてもかないそうにない。アルギュロスに知らせたくても、スマホがなければ一言伝えることさえできないのだ。

せめてどこに向かうかわかれば、と思って、覆いににじり寄る。

激しい揺れに倒れそうになりながら、隙間を作って覗くと、後ろには馬影がなかった。男たちは馬車の前を走っているようだ。両脇に木々が続く暗い道は、ゆるやかな上り坂だ。

(街に行くなら下り坂だったはず。逆方向なら……守護の山脈のほうだ)

砂漠へと出るつもりなのだろう。隧道には関守《せきもり》みたいな兵士がいたから、普通なら通れないはずだが、賄賂《わいろ》だとか、聖騎士のマントがあれば怪しまれずに通れるとかはありそうだ。

アルギュロスも砂漠にいる、と思うと少しだけ気が楽になる。実羽は身につけたままだったマントを外した。

砂漠に抜けたら、隙を見てこれを落とそう。役に立つかはわからないけれど、もし見つけてもらえれば、変だと気がつくはずだ。アルギュロスなら、実羽の匂いがすることもわかるだろう。

(——アル)

こんなときなのに、よかった、と思う。

彼がフェアリルを裏切ったのでなくてよかった。

もし実羽が嫌われていたとしても、彼が世間から犯罪者扱いされずにすむならいい。裏切って復讐しなければならないほどの、苦い、どうしようもない恨みや怒りを抱えていないなら、それだけでもいい。

（アル。おれ、アルが好きだよ）

好きだ。遠く離れてしまっても、絶対にもう一度、会いたい。

予想どおり男たちは砂漠へと出て、実羽がマントをこっそり落としてからも長いこと走り続け、ようやく速度を落とす頃には、ぐったりしていたフェアリルたちも目を覚ましはじめた。

呆然とする彼らに、攫われたのだと手短に教えていると、馬車がとまった。思わず身を寄せあった姿を、覗き込んだコルウスが笑った。

「追い詰められたうさぎどもみたいだな。俺は狩で狙うならうさぎが一番好きなんだ。追いかけ回すと、撃たれる頃には諦めておとなしい」

言いながら乱暴に腕を掴まれ、実羽は顔をしかめた。楽しげにそれを見つめたコルウスが高らかに言う。

「異世界帰りのおまえは知らないかな？　みっともない顔をしてるが、肉はうまい。砂漠の反対側の異国じゃ、フェアリルはうさぎみたいに食われるんだ。体液が癒しになるなら、丸ごと食えばもっと力が得られるだろうってな」

言うなり顔が近づいてきて、逃げようとした首筋に、ぴと、と舌が張りついた。

「や……っ」

「舐めただけでも悪くない味だ」

ほんのかすかに残ったアルギュロスの噛み痕を、コルウスはうまそうに舐め上げる。

「おまえも食ったらさぞうまいだろうな」

耐えかねたように、フェアリルたちが悲鳴を漏らす。

実羽も嫌悪で震えそうだった。舐められた場所がたまらなく気持ち悪い。でも、望みどおりに怯えてみせるのは嫌だった。

（こんなやつに負けたりするもんか）

逃げ出す方法は、結局なにも思いつかなかった。ひとりだけなら可能性はあるかもしれない。けれど、フェアリルは実羽のほかに八人もいるのだ。見捨てる気にはなれなかった。

乱暴に摑んで馬車から引きずり下ろされながら、実羽はあたりを見回した。

松明《たいまつ》を持っている男が二人いて、近くの様子は見てとれる。大きな岩の陰で、枯れた灌木がまばらに残っていた。すぐそばは角度のきつい斜面になっている。怯えきったフェアリルを下ろしているのは、騎士風の男が三人と、平民風の男がひとりだ。下ろされたフェアリルは松明を持つ男にも引き渡されて、順に岩場を登っていく。

嫌、と身をよじってフェアリルのひとりが抵抗したとき、ギャアアアアア、と長い叫び声が響き渡った。背筋が凍りつきそうな、猛々《たけだけ》しい鳴き声に、ぎょっとして実羽は夜空を見上げた。

男はフェアリルの頰を張り飛ばして、「聞いただろ」と笑った。

「逃げれば魔物に食われるのがオチだ。いい子にしてな」

(……そうだ。砂漠だから、魔物もいるんだ)

あんな声を出すなら、相当大きいに違いない。逃げ出したところで、無事に帰れそうにもなかった。

ばくばくと音をたてる心臓をなんとか鎮めようと息を吐いて、実羽はコルウスに引き立てられるまま、岩を登った。そそり立つ崖にわずかばかりの足場があって、男たちは慣れた足取りで上がっていく。

(オアシスに行ったときは、高い山なんてなかったよな。あるとすれば守護の山脈だけだから……山脈に沿って横に移動したのかな)

盗賊たちの中には砂漠に住み着いた者もいると聞いたけれど、荒くれ者とて寝泊まりする場所がどこでもいいわけではないはずだ。

だったら望みはある。この場所を、アルギュロスたちも知っているかもしれないからだ。もし知らなくても、館にはメネラウスが残っている。事態に気づいて、聖騎士の誰かに連絡をしてくれれば――明日か、明後日か、その次の日くらいには、見つけてもらえるのではないか。

(三日か、四日だ。それまで頑張って耐えれば、きっと助かる)

大丈夫だ、と心の中で唱えながら、きつい斜面を引きずられるように上り、やがて、割れ目のように口を開けた洞窟へと着いた。

入り口こそ幅は狭いが、奥へと進むと、高さは三メートル、横幅は八メートルほどもありそうな、大きな空洞になっていた。

壁には篝火《かがりび》がたかれ、十分に明るい。獣の皮を鞣《なめ》しただけの敷物が数枚敷かれていて、隅には布袋や木箱のほか、弓や剣などの武器も置かれていた。

弓なら使える、と思ったが、隙をついて手に入れたとして、人間相手に引けるだろうか。傷つけ、命を奪うかもしれないと思うと、想像だけで胃が縮みそうになる。

（でも――うまく使えば、外の灌木に火をつけられるかも）

枯れ木が燃えれば遠くからでも目立つ。誰かが見つけてくれるかもしれない。

なんとか弓のそばに寄れないかと隅を見つめる実羽を、コルウスは雑に突き飛ばした。敷物の上に倒れ込んだ実羽のすぐ横に、同じようにフェアリルたちが転ばされて呻く。男たちはどっかりと腰を下ろし、手近なフェアリルの髪を摑んで顔を上げさせた。

「まだ若いのを選んできたんですよね？」

「ああ。誰も血は飲んでないから、きっちり全員売り飛ばせる」

がっ、と痛みが頭に走った。自分も同じように髪を摑まれたのだとわかったときには、喉が反り返るほど上を向かされていて、無防備なそこに無骨な指が回った。食い込み、ゆっくりと絞めつけてくる。

「っぐ、……ぅ、う……ッ」

「ミウには特別教えてやろう」

弄《もてあそ》ぶように左手で喉を締め上げながら、コルウスは右手を横に差し出す。男のひとりがすばやく杯を渡すと、うまそうにあおった。

「十七年前はな、護衛の少ない聖騎士の屋敷を狙ったんだ。ちゃんと時間をかけて目星をつけといて、隣町で騒ぎを起こして、こっちの街が手薄になるように仕組んでな。それだけ手間暇かけたっていうのに、連れ出してみりゃ半分以上もフェアリルはお手つきで、どれだけがっかりさせられたと思う？」

酒で濡れた唇を舐める仕草が下品だった。ふいに指がゆるめられ、実羽は咳《せ》き込みながら睨み上げた。知るか、と言い返したいのに、喉が痛くてまともに息ができない。コルウスは今度は顎を掴んだ。

「聖騎士様が聞いて呆れるよなあ。自分の血を飲ませてフェアリルを専用のおもちゃにしてたんだからさ。おかげでこっちは危ない橋を渡ったわりには金にならなくて、大損させられたってわけだ。だから今回は森を狙ったんだ。盲点だろう？　普通の連中じゃ、森を襲うほうが難しいって考えるからな」

ヒヒっと吸い込むような笑い方をして、コルウスは酒を飲み干す。

親指が唇を無遠慮に撫で、実羽は歯を食いしばった。噛みつければいいのに、血を飲んでしまうかと思うとそれもできないのだ。

「危険をおかしても森を襲うほうが効率はいいのさ。砂漠は近いし、うまくいきゃ処女が手に入る。フェアリルは酒に弱いし、薬の効きもいいから、おとなしくさせるのは難しくない。ついでに頭がお花畑だから、取り入って信頼されておけばまとめて持ち出せる。若くて長く使えるフェアリルだから、値段だって悪くない。——おまえも」

ぐにゅ、と唇の内側を触られて、屈辱感で肩が震えた。気持ち悪い。嫌だ。コルウスの茶色い目に浮かぶのは侮蔑だけでなく、明らかな欲望の光だった。

「おまえのこともほしがってる連中がいっぱいいるんだぜ？　リスタリニアーの剣士が惚れ込んでる

って言ったら、さぞ具合がいいんだろうって期待されてな。だがどっちみち、おまえはどんなに安くても、絶対に売り飛ばしてやるって決めてたんだ」

わかるか？　と妙に優しげな声で言い、コルウスは歯を剝き出して笑った。

「愛しのミウが売られれば、あの仏頂面が怒り狂うと思うと楽しいからさ！　若造のくせに、見下しやがって」

あまりにも身勝手な逆恨みだった。そんな理由かよ、と思うと腹が立って、実羽はコルウスの手を払いのけようとした。

「ふざけんな……っぅ、ぐ、ぅ……っ」

「抵抗する気か？」

杯を投げ出したコルウスが首に両手をかけてきて、かっと視界が赤黒くなった。ぎりぎりと絞め上げられ、胸が引きつれたように痛む。

（苦し……苦し、い……っ）

逃れようと反射的にもがくと、コルウスは興奮したように息を荒らげた。

「いいぞ、もがけ。こうして首を絞めて苦しがらせるとな、おまえらはあの匂いがキツくなるんだ」

「――っ、ひ、……は、……っ、あっ」

唐突に放されて、実羽はじんじんと痛む喉を押さえてうずくまった。

身体は細かく痙攣していて、指の先までちりちりと痺れている。その上から覆いかぶさるようにして、コルウスが匂いを嗅いだ。

「ほらな、ぷんぷんする。甘ったるくていやらしい匂いだ。――おまえたちも絞めてみろよ」

笑いまじりに唆《そそのか》す声に、実羽はぎくりと顔を上げた。下卑た笑みを浮かべた男たちが、手近なフェアリルに摑みかかろうとしている。青ざめて逃げようとするフェアリルは、みな酒や薬の影響が残っているのか、恐怖のせいか、動きがにぶかった。

涙を浮かべたひとりがすがるように実羽を見る。コルウスに騙されて、街から一緒に来た祝蝶だと気づき、実羽はぎゅっと拳を握った。

意味はないかもしれない、と思いながら、夢中で背中に力を込める。

（お願い。出てくれ……！）

翅が出せれば、匂いがもっとするはずだ。誘惑して油断させることができればラッキーだし、だめでもほかのフェアリルが嫌な思いをするのを、先延ばしにはできる。

ナミが見せてくれた翅の広げ方を思い描き、自分の背から広がるところをイメージする。びりっと裂けるような、経験のない痛みが背骨に沿って走り、泣きたい気持ちになった。

こんなに痛いなんて聞いていない。皮膚が破けているみたいだ。内側から無理やり突き破られるようで、それでも力を抜かずにいると、なにかが抜け出すような感覚に続けて、視界の端でふわりと青いものが動いた。

銀色――いや、虹色のあわいきらめきを宿した、蝶の翅だ。強張って感じるその翅を振ると、男たちが一様に振り返る。

はばたいて見せるにつれ、男たちの表情が惚《ほう》けたように無になり、続けて燃え上がるように欲に取り憑《つ》かれるのが、手に取るようにわかった。

「ミウ……」

　コルウスもごくりと喉を鳴らした。股間はすっかり盛り上がり、目の色は濃く、暗くなっている。実羽は尻をついたまま、じりじりと移動しつつ微笑んだ。

「いい匂いがするんだろ？　おれにしときなよ。ちょうど体液ほしいなって思ってたし、あっちの世界じゃいっぺんに三人相手をしたこともあるよ」

「さ、三人だと？　どうやるんだ」

　太り気味の男が喘ぐような声を出す。嘘なんだからおれだって知らないよ、と内心で思いつつ、実羽は視線を走らせて位置を確認した。

　弓まではあともう少し。篝火はすぐ近くにある。洞窟の入り口の方向にいるのはひとりだけだ。

（うまく転ばせれば、行けるかも）

　実羽は立ち上がると、くるりと回って翅を振った。

「追いかけっこして、捕まえてくれたら、教えてあげる。——ねえ、こっちに来て？」

　首をかしげて手を差し伸べながら、後退って壁際の荷物に近づく。長い服の裾を持ち上げてびりびりと破り取り、きわどい部分まで剥き出しにして見せると、男たちもよろめくように腰を上げて、暗い笑みを浮かべた。

「なかなか面白いフェアリルじゃないか。しっかり泣かせてやる」

「すっごい楽しみ」

にっこりして、実羽はぱっと背を向けた。矢と弓とを摑み、壁にかかった篝火から細い薪《たきぎ》を取る。ずきりと熱い痛みが手のひらに走ったが、かまってはいられなかった。

振り返りざま、大柄な男の広げた腕の下をかいくぐる。

「お願い、捕まえておいて！」

ひとりでも男たちの動きをとめてもらえれば助かる。頼んでも伝わるかはわからなかったが、呆然としているフェアリルたちに向かって叫んで、実羽は走り出した。

怒声が追いかけてくる。破った服に火を移すのに手間取って、ばらばらと矢が数本落ちた。拾う暇はない。あと少し。燃えはじめた布ごと薪を矢にくくりつけ、苦心しながら弓につがえて、真っ暗に裂けた入り口で、めいっぱい引いた。

ろくに狙いをつけられなかった矢は、弧を描いて落ちていく。灌木まで届いたか見届ける前に、罵声とともに肩を摑まれた。

「きさま、ふざけた真似をしやがって！」

にぶい音をたてて突き飛ばされ、実羽は背中から岩壁にぶつかった。

「——ッ、ァ、ア、ア……！」

激痛が走り、一瞬、目の前が真っ暗になった。がくりと膝が落ち、それでも引かない痛みにうずくまる。

痛いというより焼けつくようだった。背中が——否、翅が、燃え上がるように熱い。

背後から近づいたコルウスが、その翅を摑んだ。

「――ッ、や、……ぁ、ぁあああっ」

「ぶち犯してやる」

ちぎり取られそうな痛みに、生理的な涙がこぼれていく。呆然と見ひらいた先、火のゆらめく洞窟の奥からも悲鳴が響いてきて、実羽は力の入らない拳を握りしめた。たぶんみんな、ひどい目にあわされてしまう。

（……でも、売るなら、血だけは飲まされないはず）

もし飲まされる可能性があるとしたら、自分だけだ。

冷たい、絶望に似た思いでそう考える実羽の下着を、コルウスが剝《は》ぎ取った。

「犯しながら俺の血を飲ませてやる。ひとり分売り上げが減っても、おまえが苦しむ顔を見るほうが楽しそうだからな」

「……っ」

「気持ちよくしてもらえると思うなよ。おまえみたいなやつは、まず躾けてやらなきゃな」

興奮した声が狭い岩場に反響する。手が翅から離れて、実羽は這うように前へと手を伸ばした。コルウスは己の分身を取り出そうとしているのだろう。貫かれるまでおそらくあと数秒しかないけれど、諦めたくはなかった。翅の痛みは背中から全身へと広がって、指を動かしただけでも鋭く苛《さいな》む。

でも、少しでも動いて、落とした矢を摑めば反撃できる。無駄かもしれなくても。

「おい、動くんじゃない。翅をちぎり取られたいのか？」

苛立った声とともにぐっと腰を後ろに引き戻され、ああ、と心が折れかけたときだった。

激しい馬のいななきが聞こえた。

ぎょっとしたようにコルウスが実羽を離し、実羽も振り返った。

入り口から外を覗こうとしたコルウスはすぐに頭を引っ込める。その向こうをひゅっと掠めて飛ぶものが見えたかと思うと、「いたぞ！」と声が響いた。

舌打ちしたコルウスが奥へと駆け戻っていく。呆然としているうちに割れ目を塞ぐように人影が現れ、実羽は泣きたくなった。

顔も見えないし、匂いもわからない。けれどどうしてか、それがアルギュロスだという確信があって、どっと熱いものが込み上げてくる。

駆け寄ってきたアルギュロスが、実羽を見下ろして顔を歪める。きっとひどい有様なのだろう。服が破けて下着を取られ、下半身は丸出しだ。翅はたぶん傷ついている。火傷《やけど》した手のひらはずきずきして、痛いのかどうかよくわからなくなっていた。

「ミウ……大丈夫か」

アルギュロスはマントを外して、隠すように実羽にかけてくれた。なにか言いたげに唇が震えるのを見てとって、咄嗟に微笑む。

「平気。奥に、八人フェアリルがいるんだ。敵は七人。コルウスも――コルウスが、首謀者だったみたいだから、早く行って」

「ミウ」

「いいから、早く！　武器を持ってるから、急いでってば！」

怒鳴ると、アルギュロスは気圧されたように足を動かした。走り出すのを見送って、実羽はマントに顔を埋めた。

かちかちと歯の根が鳴る。泣きたくないのに嗚咽《おえつ》が漏れて、きつくマントを握ってもおさまらない。手も足も、思い出したようにがくがくと震えはじめて、全身が痛む。でも。

(来てくれた)

三日も待たなくても、たった数時間で、追ってきてくれた。

ミウは十一年も待たせたのに、やっぱり優しいじゃん、とぼんやり思いながら、実羽はふらふらと横倒しになって目を閉じた。なにもかも、限界だった。


流れの速い川面に、日の光が幾重にも反射する。虹色の小さな光の粒がきらめいて、ミウはそれを踵で蹴った。見上げれば、緑の梢《こずえ》が青空に眩しい。どうどうと大きな音がするのは、近くに滝があるからだ。花の香を含んだ涼しい風が、川上から吹き抜けていく。

「じゃ、おれとアルはおそろいだね」

笑い出したいような幸せな気分で振り返ると、銀髪の少年が拗ねたように顔を背けた。

「おそろいじゃない。……ミウのほうが、強い。母上どころか、父上もいないのに」

「おそろいだよ。おれもメネラウスには、さびしいって言わないことにしてるの。言ったらメネラウスがこまるだけだもん、かわいそうでしょ」

川面に飛び出した岩の上から降りて、ミウは隣の岩によじ登った。腹這いに寝そべって翅を広げ、少年を見つめる。

「アルだって、父上が母上をあいしてたって思うから、さびしいって言わないんでしょ。おれと同じ」

「――」

「おれはつよくてかっこいいでしょ。だから同じくらいアルも、つよくてかっこいいよ」

「ミウは綺麗だ」

ほんのり頬を染めて、少年――アルギュロスは怒ったみたいに呟く。

「それに、強くてかっこいいだけじゃない。優しい」

「やったね、ありがと」

ふるふる翅を動かすと、風がすり抜けていくのが気持ちいい。翅はみだりに出すものではないとメネラウスは怒るけれど、ミウは好きだった。なにより、アルギュロスが眩しそうな顔をして褒めてくれるのが、たまらなく嬉しい。

今も、遠慮がちにじっと見つめてくる彼の視線が、くすぐったいように心地よかった。

ミウは曲げた腕の上に顎を乗せる。蕾《つぼみ》をつけた苔が、雫をまとってきらめいていた。

「母さんがね、死ぬまえに、おれにおしえてくれたんだ。ミウ、おぼえておいてねって。『強いということは、やさしいということ。やさしいからこそ勇敢になれるの。お父さんみたいに』」

刻み込まれたように覚えている母の声をなぞって、ミウは言った。

「『きっとミウも、お父さんと同じくらい強くなれるからね』って。……だからアルが、おれのことつよいとか、やさしいって言ってくれるの、すっごくうれしい」

「――ミウの母上は正しいな。ミウは世界一かっこいい」

「世界一かどうかは、森を出てみなくちゃわからないけど」

笑って、ミウは膝を曲げて足を揺らした。踵で風を蹴って、本当だったらいいのに、と思う。アルが言ってくれるくらいにかっこよくて強くて優しいフェアリルだったら、夜に泣きたい気持ちになったりしない。怖くなることも、寂しくなることも、きっとない。以前はじっとしているとわけもなく恐ろしくて、だから悪戯ばかりしていたけれど。

（……今は、アルがいるもん。おれ、もっとつよくなれる）

「アルはさ、騎士になってよ」

起き上がって、ミウは離れた岩の上のアルギュロスを見つめた。

七つも年上なのに、見つけたときは消えてしまいそうな雰囲気をまとった、静かすぎるほどの子供だった。城の外の、茂みに埋もれるように建つ粗末な小屋の中に見つけたときは、おばけかと思ったほどだ。こんこん、といつも咳《せき》をしていて、光のない灰色の目をしていた。悲しいくらいきちんと座って、鉄格子の向こうから「もう来ちゃだめだよ」と言われたときの気持ちを、ミウは今もくっきりと覚えている。

寂しいのに優しい声。なぜか懐かしくて、何度でも聞きたくて、ミウはアルギュロスをあの小屋からひっぱり出したのだ。

彼はずいぶん背が伸びて、大人びた顔つきになってきた。毎日外で遊んでいるおかげで肌は陽に焼けてきて、それが凛々しい顔立ちによく似合う。あまり笑わないその顔で、アルギュロスは訝しげに首をかしげる。

「騎士？　俺が？」

「うん。アルもやさしいから、きっとつよい騎士になれると思うんだ。リスタリニアで一番つよい騎士になって、みんなを守って。だいじな人を亡くして、さびしい思いをする人がいなくなるように」

　できない、と言うかなと思ったけれど、アルは少しのあいだ考え込み、頷いた。

「わかった。なる」

　きっぱりと短い返答がアルギュロスらしかった。この前もそうだった。高い木の上のほうになったキナリイチゴを、約束したからと、高いところが怖いくせに、怖くないと嘘をついて取ってくれた。アルギュロスは嘘をつくとき、視線を逸らして眉を動かすから、すぐにわかるのだ。

（……ほんとは、アルのほうが、ずっとつよいんだ）

　フェアリルは人間よりも力が弱いのだそうだ。はるか昔は人間よりずっと偉くて尊い精霊で、長生きだったらしいけれど、結局、世界中で逞しく生きているのは人間だ。

　でも、そういう人間が、ミウは好きだった。アルギュロスのことはもちろん、できたらいつかは人間の中で暮らしてみたい。リスタリニアだけじゃなく、うんと遠い国まで行って、いろんな人と会ってみたい。

（アルといっしょなら、きっと行ける）

視線を逸らさないアルギュロスの瞳を見つめ返すと、彼は照れたみたいに小さな声で言った。

「もちろん、おまえのことも守る」

きゅっ、と甘酸っぱく胸がよじれた。意味もわからないままどきどきと胸が鳴って、ミウはわざと大きな声で笑った。

「守るのはおれのほうでしょ。フェアリルだもん。祝蝶になってあげる」

「……本当か」

「もちろん！　祝蝶になって、ずーっとアルを守ってあげるから、だから」

だからどうか、と祈るように思う。急に不安になって、服の裾を握り、アルギュロスを見つめる。

「——いっしょに、いてくれる？」

ひとりにしないで、ずっと二人で、どんな遠くへ行くときも、離れないでいてほしかった。昼も夜も。一年後も、十年後も、はるか未来も。

「必ず」

これ以上ないほど簡潔に誓ったアルギュロスは、首の後ろに手を回した。留め具を外してかかげて見せたのは、彼がいつも身につけているペンダントだ。

細長い筒が、鎖の下で揺れている。常に淡々として、メネラウスになにを言われても怒ることも、悲しむこともないアルギュロスが唯一大切にしているものだ。ミウもまだ、中を見せてもらったことはない。

見せてくれるのだとわかって、ミウは立ち上がって川の流れに足を下ろすアルギュロスを、眩しい思いで見つめた。

ちゃぷん、と水音が聞こえた気がして目を開けると、目の前を蝶が横切った。頬の下はやわらかい苔だ。うつ伏せになった身体のあちこちに、徐々に感覚が戻ってくる。

冷たく心地よい水が、背中を濡らして流れていく。翅の付け根がくすぐったくて、ぴくんと指が跳ねた。

「気がついたか？」

そっと髪に触れたアルギュロスが覗き込んでくる。ミウは手をついて身体を起こした。苔の上にじかに寝ているのかと思ったが、下にはアルギュロスのマントが敷かれている。身体を覆う服はなく、全裸だったけれど、たいして気にならなかった。

——懐かしい夢を、見た気がする。

「ここ……泉？」

「ああ。翅が歪んで、破けかけていたから。メネラウスも青くなっていた。——痛かっただろう」

「痛かったけど、平気。泉のおかげかな、もうあんまり痛くない」

ぼんやり痺れたような感覚はあるが、岩にぶつかったときや掴まれたときに比べればなんともない。

助かったのだ、と実感が湧いてきて、手のひらを見つめた。右手の火傷も水につけたのか、濡れたそこは桃色にひきつれて、治りつつある。

「……みんな、無事だった？」

ぽつんと聞くと、ああ、と落ち着いた声が返ってくる。アルギュロスは隣に腰を下ろした。

「ミウのおかげだ。マントを落としたり、火を使って居場所を知らせてくれたり、頑張ってくれたから、俺たちも早くに見つけられた」

励ますような声は少しぎこちない。嘘が下手なんだよなと思うとちくりと痛みが走って、ミウは目を閉じた。

「いつから、コルウスが怪しいと思ってたの？」

いくらアルギュロスが優秀な騎士でも、自分の不在時に誰かがフェアリルを攫うかもしれないと予測していなければ、あれほど早くミウたちを見つけられたわけがない。それに、あの洞窟でコルウスの名前を出したとき、アルギュロスは驚かなかった。たぶん目星はついていたのだ。

「……確証があったわけじゃない。騎士団の誰かが噛んでいるのはわかっていたが、露骨に警戒して逃げられても困るから、ミウにも言えなかった。だがそのせいで危険な目にあわせてしまって、悪かった」

「おれはいいけど。メネラウスはきっと怒ってるよね。コルウスはあのひとのことも騙して、森からフェアリルを攫ったんだもの」

「メネラウスは俺を疑っていたからな。そこにコルウスはつけこんだんだ」

多少は俺にも非がある、とアルギュロスは言った。

「疑われているとわかっていて、きちんと弁明しなかった。言い訳するよりも態度で示すべきだと考えたんだが、メネラウスには逆効果だったんだろうな」

「アルのせいじゃないと思う。……辺境の警備に行ったのも、フェアリルを連れていったのも、コルウスを油断させるためだったの？」

「警備は通常の任務だ。今回は盗賊の根城を探していて、途中でミウの落としたマントを見つけたから、場所の見当がついたんだ。フェアリルは連れていったりしてないが――コルウスがそう言ったのか？」

ミウが頷くと、アルギュロスはため息をついた。

「それでさっき、メネラウスは俺のことも詰っていたんだな……」

「ちゃんと説明したほうがいいよ」

ただでさえ彼は人間が嫌いなのだ。コルウスのしたことはミウだって許せないから、メネラウスが憎むのも仕方ないけれど、アルギュロスが誤解されたままなのは悲しい。

だが、たとえアルギュロスへの不信感がなくなったとしても、メネラウスは人間を許すだろうか。十七年前のことは、過去と呼ぶにはまだ早い。双方の記憶が薄れる前に、聖騎士だったコルウスの裏切りでフェアリルが攫われたのだから、メネラウスは再び祝蝶制度の廃止を望むだろう。

「コルウスの祝蝶は、きっと売られてしまったんだよね」

「だろうな。いくら探しても見つからないから、もう生きてはいないかもしれない」

アルギュロスは苦しげだった。

「祝蝶は、俺もやめるべきだと思う」

「…………そっか」

ずん、と胸が重くなった。どこかで覚悟していた言葉だったのに、言われてしまうと予想よりもずっとこたえる。

（……やっぱり、もうおれのことは、いらないよね）

すぐ横で、アルギュロスが身じろぐ気配が炎のように感じ取れる。ちゃぷ、と水を汲む音に続けて、涼しい水の香りがした。

「少し飲んでおくといい」

おずおずと目を開けると、銀色の杯が差し出されていた。受け取って飲み干すあいだ、さりげなくアルギュロスは視線を逸らしていて、せつない気持ちになる。

なぜ思い出せなかったのかが不思議なほど、横顔の輪郭は、かつての彼によく似ている。精悍《せいかん》さを増して完全に大人の男になっても、まとう空気は同じなのだ。

（……なんで、今ごろ思い出しちゃったんだろう）

翅が出せたせいか、泉の水のおかげか。

なんにせよ、思い出さなければ、アルギュロスも自分を好きでいてくれると、信じていられただろうに——嘘をつくときの癖まで思い出したせいで、あの言葉も嘘だとわかってしまう。

ミウが祝蝶になるのを、今はだめだと言ったあのときも、目を逸らして眉を動かした。本音では、もう祝蝶になってもらうつもりはなかったのだろう。理由はなんであれ。

（……ずっと一緒って約束したのにね）

「ナミは、きっと悲しむね」

杯を返して、ミウは笑ってみせた。人は変わる。一緒にいたい気持ちがアルギュロスからなくなったなら、ミウはそれを受け入れるしかなかった。

「ナミはアトルム王子のことが本当に好きだもの。彼が王様になっても、お妃を迎えても、祝蝶でいられたらいいのにって言ってたから――きっと、すごくつらいだろうな」

「そうだな。ナミだけじゃなく、つらく思う祝蝶は多いだろう」

痛ましそうな表情で、アルギュロスは頷いた。

「たぶん、聖騎士もつらい」

じりっと胸が焼けた。だったら、と口に出してしまいそうになる。

（そんな顔してつらいって言ってくれるなら、どうして祝蝶はいらないって言うの。おれたちが――おれが、どうしたいか聞きもしないで）

喚《わめ》いたりしたくなかった。せめて格好つけて、毅然《きぜん》としていたいのに、唇が震える。ひどい、と思うと我慢がきかずに、ミウはアルギュロスの胸元を掴んだ。

「アルも、つらいって思う？　もし許されれば祝蝶がいればいいのにって、思う？」

「……ミウ？」

面食らったのか、アルギュロスが何度もまばたきした。ミウはぐっと睨みつける。

「それとも祝蝶は面倒？　ずっと一緒だなんて約束したから、後悔してる？　お母さんのネックレスなくしたのを、本当は恨んでる？　十一年も帰ってこなくて、帰ってきたらこんなで——自分の身体ひとつ守れなくて、オオグイトカゲなんか怖がってバカみたいだって、情けないって、」

　うねる波のように感情が込み上げて、目が潤んだ。泣くものか、と歯を食いしばって、ミウは言った。

「うんざりしたから、嘘をついたの？」

「待ってくれミウ」

　呆気《あっけ》にとられた表情のまま、アルギュロスは額を押さえた。

「待ってくれ……なにから考えていいかわからないぞ」

「考えろなんて言ってない。はいかいいえか答えるだけだろ」

　言い訳するつもりかと胸ぐらを摑み寄せると、そうじゃない、とアルギュロスが呻いた。

「頼むから待ってくれ。——思い出したのか？」

　そこか、とミウはため息をつきたくなった。

「悪かったな。よくわかんないけど、さっき気を失ってるあいだに思い出したよ」

「どういう理屈なんだ……いや、それはいい。なんでそんなに怒ってるんだ」

「はあ!?　アルこそ、なにとぼけてんだよ」

　いらっとしてさらに詰め寄ろうとすると、腰にアルギュロスの手が伸びた。ミウをごくかるく抱き寄せて、アルギュロスは困った表情だった。

「なにから言えばいいかわからないが、俺はミウに嘘はつかない」

「嘘つけ。さっきだって嘘ついたろ。ミウのおかげで見つけられたとか、どう考えたってそんなわけないもん」

「本当だ。あのへんに根城があるだろうとは目星をつけていたが、枯れ木が燃えてなければ特定はできなかった」

「……でも半分くらいは嘘だ。おまえが嘘を言うときの癖はわかってるよ。オアシスでだって、おれが祝蝶になってもいいって言ったら、今はまだって言ったの、嘘だっただろう。——どうせ本当は、もう祝蝶にする気はなかったんだ」

「あれは……」

アルギュロスの視線が泳ぐ。ほら見ろ、とミウは胸を叩いた。睨みつけたいのにじくじくと目が痛くて、まつげが震え、叩いた胸元に額を押しつける。

「そ、そんなに……がっかり、した？　約束をなかったことにしたいくらい、嫌になった？」

「——すまない、ミウ」

心底申し訳なさそうに言われて、ミウは笑いそうになった。翅が傷ついたときよりも深い痛みで、身体がばらばらになりそうだ。恋歌なら最低の終わりだなと思いながら、アルギュロスから離れようとする。

「先に帰って。しばらくひとりになりたい」

「そんな声を出すな。謝ってるだろ……勘違いをさせているとは思わなかったんだ」

はあ、と大きなため息をアルギュロスがついた。きゅっとミウの腰を抱き寄せて、重々しく呟く。

「嘘は本当についてない。でも、ちょっと迷ってしまったから、それが顔には出たかもしれない」

「――回りくどい言い方するなよ」

もういいよ、と言い返そうと顔を上げると、アルギュロスはなぜか、嬉しげな表情だった。場違いなくらい目尻を下げ、口元のゆるんだ顔にぽかんとしてしまう。

「メネラウスに疑われているという話はしただろう？　試されているのも、なんとなく感じていたんだ。ミウがそばにいてもおかしな欲で暴走しないかたしかめるために、彼は俺がミウを森に返さなくても文句を言わなかったんだと思う。ミウが帰ってきた日、森の泉を使わせてくれたのも、疑っていないと見せかけるためだったかもしれない」

「そ……それが、なんか関係ある？」

よくわからない。顎を引くと、アルギュロスは追いかけるように顔を近づけた。

「だから、ミウを祝蝶に迎えるなら、きちんと彼とも和解してからにしようと思っていたんだ。ミウから申し出てくれても、待ってもらうつもりだった。――でもあのとき、心が揺れた」

そっと額が押しつけられる。

「抱いた直後なのに押し倒したいくらい嬉しかったし、大急ぎで街に戻って届けを出しに行きたかった。ついでに祝砲もあげてもらおうかと真剣に考えた」

蕩けそうに幸せそうな表情だった。ミウはぽかんとして嬉しげな灰色の瞳を見返した。うまく言葉が出てこないまま、これってどういう意味だろう、とぼんやり思う。

「国中の人間に知ってほしいから宴もひらこうと思ったし、宴でミウと並んで祝福されるのを想像したら、踊りたいくらい興奮した。ミウには絶対綺麗な服を着せたいと思って――でも、自分が噛みついた痕を見て、我に返った」

かるく額を押しつけて、アルギュロスは抱いたミウの身体を揺らした。

「今ミウを祝蝶にするのはだめだ。ミウが嫌がるやり方で傷つけたのは事実で、それなのに祝蝶の届けを出したりすれば、メネラウスが二度と信じてくれないのは確実だからな。それで、予定どおり、最近フェアリルを狙っている不届き者を一網打尽《いちもうだじん》にしたあとにしようと考えて、待ってくれと言った。浮かれて一時の過ちをおかすべきじゃないから」

言われてみると、筋は通っている。ちょっと変な顔してたもんな、と納得してしまって、ミウはあわててアルギュロスを押し返した。

「で、でもさっき、祝蝶の制度はやめたほうがいいって。それって、おれもアルの祝蝶になれないって意味じゃないか」

「あれは――だって、そうだろう。フェアリルをほしいと思うのは人間の勝手だ。これほど虐《しいた》げておいて、これからもお願いしますとは言えない」

正論かもしれないが、聞きたいのは別の言葉だった。いくら押しても全然離れないアルギュロスの腕の中で、ミウは拳を握った。

「……おれが、いらないからじゃなくて？」

気弱げに揺れてしまう声が恥ずかしい。アルギュロスは甘いくらいに目を細めて、ミウの頬に触れた。

「制度がなくなれば、俺もただの騎士だ。まあ、今もただの騎士だが——みなを守る約束は果たせると思う」

　誇るでも気負うでもない、自然な声音で言ってのけて、アルギュロスはすっと真顔になった。笑みをおさめた真剣な表情で、ミウを見下ろしてくる。

「ちゃんと守る。だから祝蝶じゃなくても、ミウがそばにいてくれればいいと思っている。約束どおりずっと一緒にいてくれないか。——おまえを、離したくない」

「アル……」

　ふわっと背中から宙に浮いたような心地がした。あたたかな泡が身体のあちこちで弾けて、視界が明るく光を帯びる。

「……アル、……おれ、ずっと」

　目縁《まぶち》が熱くて染みるようだ。押し離そうとしていたアルギュロスの服を掴んで、声は胸の一番深いところから、こぼれ落ちた。

「会いたかった」

「おかえり、ミウ」

　抱きしめられてしがみつく。強がる気持ちはもうどこにも残っていない。ただ夢中で身を寄せて、小さな声でアルギュロスを呼ぶ。

「アル」

　離れないで。離さないで。

声にならない思いを受けとめたように、アルギュロスはミウの頭に頬を押し当てた。

「もう大丈夫だ、ミウ」

「ア、ル……」

優しく上を向かされ、寄せられる唇を受けとめるのは、この上ない幸福だった。

もどかしい思いで森の館に戻り、以前泊まった部屋へと入ると、我慢も限界だった。押し倒すのも待ちきれないようにキスしてくるアルギュロスも同じ気持ちなのだろう、荒い仕草で自分の服を脱ぎ捨てて、犬みたいに唸った。

「ミウ、疲れているよな。——できるだけ、我慢はするつもりだが、自制できる気がしない」

「いいよ、平気。ほら……せ、精液、もらったほうが、いろいろ早く治るかもしれないし」

翅は畳んだが、身体の中でしくしくとした痛みは続いていた。でもそれよりもアルギュロスがほしい。

「ほんとは、コルウスに言われて森に来る前から、ほしい感じになってて——っ、つらかったから」

任務に出る前夜にしたのにか、と喜ばれてしまうかと思ったが、アルギュロスはふっと優しい顔をした。

「ミウはすぐ頑張りすぎるからな。今回だってそうだ。人間の悪党相手に立ち向かった上に、怖かったはずなのに、自分以外のフェアリルを助けにいけと言っただろう」

　身体を重ね、アルギュロスはかるく唇を吸った。

「昔からそうだ。全然変わっていない——本当は怖がりで寂しがり屋なくせに、それを隠そうとするところも」

　長い指がこめかみから髪を梳いて、ミウは赤くなった。

「怖がりで寂しがり屋って……し、知ってた、の？」

「知っていた。これでも俺のほうが年上なんだ、気づくさ」

　微笑したアルギュロスは懐かしむように呟いた。

「だから余計に、好きになった」

「——アル」

　心臓が膨れ上がったみたいに胸がつまって、ミウはアルギュロスの首筋に手を回した。夜明け前の蒼い光の中、銀色の髪が複雑な色を帯びていて、綺麗だと思う。

「おれ、全然かっこよくないね」

「どうして。かっこいいだろう。世界一だ」

「かっこ悪いよ。……今だって、嬉しくて、」

　そっと腰へとすべっていくアルギュロスの手がはがゆい。厚みのある唇が顎を掠め、首筋に落ちるのを急かしたくなる。

「嬉しくて、甘えそう」

ちゅっと肌を吸われ、ミウは膝でアルギュロスの身体を挟みつけた。笑う吐息が鎖骨をくすぐる。

「甘えるのはかっこ悪くない。可愛い」

「か……っこ、よくはない、じゃん……ん」

「俺は可愛いミウも好きだ」

「つぁ、あ…っ」

右胸の乳首を吸われると、触れられてもいないのに尖《とが》っていたのに気づかされて、ぼうっと顔が熱くなった。

すっかり痼《しこ》ったそれを、アルギュロスは丹念に舌で転がしてくる。左胸は突起を指で押し込むようにくりくりされて、短く声が跳ねた。

「はっ、ぁ、…ァ、……ふ、ぁっ」

ひく、ひく、と腰が揺れてしまう。本当は早く下半身に触れてほしかった。でも、焦らすように丹念な口づけを受けるのも気持ちいい。もどかしいのに、急かして終わってしまうのも惜しい。

何度も膝でアルギュロスの身体を締めつけながら、胸から響く気持ちよさにつま先を丸める。腹に力を入れていないと、すぐにでも達してしまいそうだ。

ちゅぽ、と乳首を解放したアルギュロスは、愛おしげに濡れた突起を撫でた。くすぐったい刺激にミウはぴくりと尻を浮かせ、直後にきつくつままれて背をしならせた。

「ッ、あっ、いっ……た、ぁッ、あ、ぁッ」

「少し強めにされるの、好きだろう」

「んっ、あっ、ひ、っぱったら、ァ、んっ、あッ」

絞るみたいに根元からつまみ出されると、痛いのと同時にびりびりと快感が響く。恥ずかしいくらいに腰が動いて、勃起した性器の先がアルギュロスの胸とこすれた。それがまた、なにも考えられなくなるくらい気持ちがいい。

「やっ、ぁ、アルッ、で、ちゃうっ、ぁっ、ぁッ、あっ」

「体液がほしかったなら、ミウだって出したいだろう？　そのまま動いて、俺にかけるといい」

「そ、そんなの、や、ァッ、……っ、ん、ぁ、あぁっ」

ひっぱられて過敏になった乳首の先に短い爪をあてがって、アルギュロスはくじるようにいじり回した。ひりつく刺激とずんとしたにぶい快感が同時に貫き、ミウは喉を反らして腰を振った。数度にわけて吐精して、余韻に大きく身体が波打つ。

アルギュロスは白く粘液の飛び散った己の胸に手を這わせた。

「久しぶりにたっぷり出たな。……ミウにいろんなところにかけてもらうのもいいな」

「バカ」

思いきり達したせいか、睨もうとしても力が入らない。

「まがおでそういうこと、いうなって……へんたい」

詰ると、アルギュロスは拭った精液を舐め取りながら、咎めるように眉を寄せた。

「ミウ……達きすぎて舌も回らないのか？　反則だぞ。しかも顔が可愛い」

「っ、また、そういうこと……バカ……、ん、あっ」

急に大きく脚をひらかされ、ミウはきゅっと枕を握った。きっと孔を舐められる。恥ずかしすぎるから嫌なのに、どうしてもやめろとは言えなかった。

「待っ……それ、はずかしい、から、待って、って、……ッ、ふ、ぁ、あッ」

思ったとおり、アルギュロスは股間に顔を埋めてくる。ふにゃりとやわらかい陰嚢に口づけ、舌に力を込めてすべらせて、窄まりまで舐め下ろす。たっぷりの唾液で外側の襞を潤され、口元がゆるんだ。

「っ、アル、……ん、……ぁ、ッ、あ、ァッ、……んッ」

ぬっと差し込まれた舌は焼けるように熱かった。くちくちと音をさせて小刻みに動き、唾液を流し込んでは中を濡らしていく。指を使って窄まりを左右にひっぱられ、襞を内側に入れ込んだり、粘膜が見えそうなほどめくられたりすると、おかしいくらい下腹部がびくついた。

頭の中までぱんぱんに腫れたようだ。そのくせどろりと溶けたみたいで、口の端から唾液が溢れていく。

(はずかしいのに……うれしい)

子犬みたいに熱心に、そこをねぶられるのが幸せだった。本来ならつながれないはずの場所で、ミウに与えてくれるために、アルギュロスは丹念に準備しているのだ。

あと少しで中に入れられる、と思うと、腹の芯が竦むような、うねるような心地がする。期待とも、絶頂の前触れともつかない波が高まって、ぼうっと意識が霞《かす》んだ。

ほしい。いっぱい、出してほしい。

「んっ、ア、ル、……っは、……ぁっ、……ん、ぁ、っは、あっ」

「ミウは中の色も綺麗だ」

満足いくまで濡らしたのか、アルギュロスは舌を抜くと、やわらかくなったそこを指でくつろげた。花のようだ、と囁きながら、唇は陰嚢に押しつける。

「ここもたまらなくいい匂いがする」

「ッ、か、嗅ぐなよ……っ、ん、ふ、ぁっ」

「舐めてもうまい。——直接飲めたら最高だろうな」

くちゅくちゅと浅いところをいじりつつ、つうっと陰茎に舌を這わされて、ミウは後頭部を枕にこすりつけた。

「つぎ……っ、つぎ、飲んでいい、からっ」

急かしたくなかったのに、我慢もできなくて、焦燥感で肌が粟立つ。

「も、いいだろ……、アル……っ」

「一番奥まで入れてもいいか？」

期待させるように、指の第二関節までアルギュロスは挿入してくる。ゆるく揺すられて、ミウは何度も頷いた。

「ん、いいっ、へいき……っ、いい、から……っ」

「入れたら、しばらくは抜いてやれないと思う。——我慢ができなくても、呆れないか？」

「いっ……ぁ、ん、あき、れないか、ら、……ぁ、アッ」

「昔みたいにミウを大事にできなくて、噛みたいと思うような男でも？」

ずっ、と指が奥まで侵入し、溶け落ちるような痺れが腹に広がった。ミウは息をつめて、射精したのに似た快感に震えた。白濁は出ていない。なのに達したときのように、身体中がさざめく。

「ふ、ぁ……っ、は、……ぁ、」

「教えてくれミウ。印をつけたがったり、誰にも触らせたくないと思ったり、そのくせ見せびらかしたいと思うような、だめな男になっていて、嫌じゃないか？」

アルギュロスは真剣な眼差しだった。どうしてこんなときに訊くんだよ、と詰り、ミウは唇を舐めた。

「やなわけ、ないよ。ないから……して、」

指をくわえた尻を小さく振って、言い直す。せつないみたいに痛む心を、これからはごまかしたくなかった。

「ううん。やじゃなくて、うれしい。アルが、おれのこと好きって思うと、うれしい、から」

「ミウ」

アルギュロスは性急に指を抜いた。ん、と呻くミウの太ももを押さえ、屹立《きつりつ》したものを股間に沿わせる。

ミウはまばたいてそれを見つめた。改めて、太くて長い性器だった。体躯と同じく力強いかたちで、ミウのものとは比べものにならない。

（アル……ずっと、全部入れないでくれたんだ）

口ではどう言おうと、彼はミウを傷つけない。だからこそ、ミウはあげたいと思う。身体も心も、癒しも祝福も、持っているものはすべて。

濡れそぼった窄まりに切っ先が当たると、焼けるように熱い。弾力があるのにひどく硬い雄は、襞の中に先端を呑み込ませると、一息に突いてきた。

「——ッ！　っ、ぁ、……ッ」

「すごいな、ミウ。俺のまで溶けそうだ」

ずっしりとした異物感はあるのに、ゆるみきったミウの内部は、喜ぶようにアルギュロスを受け入れていた。痛くないかわりに痺れたようで、先端が奥壁に当たると喉まで震えた。

「っん、ぁっ、……ぁっ、……アル、……っ」

「腹が痙攣してる。怖いか？」

「ぅ、んんっ、へんっ……なんか、ぁっ、あ、あっ」

圧をかけられるたびにそこが歪む。今にも貫かれそうで、じょわじょわと奥から漏れ出す錯覚がした。また達く。今度はきっと精液をまき散らして、達ってしまう。

「は、ぁっ、だめ、い、くっ、でちゃ、うっ、いく……っ」

「達くのはいいことだ。出せばいい」

アルギュロスは己を押しつけて、揉むように突いてくる。ぐにゅりと腹の中から歪められ、びびっ、と震えが駆け抜けた。

「ぁ——ッ、あ、ぁ、あ……っ！」

弾けるように、性器から透明なものが飛び散った。精液じゃない、と悟ってミウは目を見ひらいた。

「や、ぁっ、や、……っと、とまんない、ぁ、ッ、また、ぁあ！」

潰《つぶ》すみたいに突かれると再び噴き出して、激しい快感が襲ってくる。なす術なく噴きこぼしながら、ミウは身体をつっぱらせて達した。

頭が真っ白になる。何度かひくついて身体が力を失っても、快感だけはふわふわと尾を引いた。

こんな達し方をしたことはない。呆然としているうちに、アルギュロスがしっかりと尻を掴んだ。

「んっ、まっ、て、まだ、いって、ぁ、……ッ」

探るように内部でペニスが蠢《うごめ》いている。さらに奥へと進む気なのだとわかって首を左右に振りかけて、ミウは喉を反らせた。

「——っ！　ぁ、……ぁ、……あ、あぁ……っ！」

串刺しにされたみたいだった。思うよりずっと深くに、灼熱《しゃくねつ》の塊がある。いっそ心臓まで届いているかのように、熱がびりびりと伝わって苦しかった。

「ん、く……っ、ん、ぁ、……っ、は、……ッ」

「全部入った」

うっとりとため息を漏らして、アルギュロスが囁いた。

「ミウの狭いところを貫いて、奥の奥まで入れたんだ。——苦しいよな。ずっとひくひくしてる」

「は、……んっ、あ、……んっ」

ほんの少し動かれるだけで、ずくりと初めての感覚が湧き起こる。崩されて掻き回される、心許な

くて怖いような感覚だ。苦しくて、大きすぎるものが重くて、腰が抜けてしまいそうだった。

それでもミウはアルギュロスに手を伸ばした。

「きもち、い、よ、アル」

「――ミウ」

「うれし、……から、うごいて」

アルギュロスはぐっと歯を食いしばった。唸り声を漏らし、猛々しいその声とは裏腹に、そっとミウの手を握る。

「中に、印をつけていいか。ミウのここを――俺のかたちにしたい」

瞳は銀色に燃え上がって見える。出会った頃にはすべてを諦めたような顔をしていた彼が、こんなにも自分を求めているのだ――と思うと、眦《まなじり》から涙が伝った。

「ん……して……っ、すき、アルが、すき、だから……っ」

「ミウ。――ミウ」

掠れた声で呼んで、アルギュロスが腰を引く。ぬぽ、と狭隘《きょうあい》を抜けた肉杭は、勢いをつけて再び打ち込まれ、ミウはつないだ手をきつく握った。

「あっ、あぁ……っ、ん、……ぁッ、ア、ぁッ」

出し入れされるたびに、襞が崩れて水音が出る。ずちゅ、ぐちゅ、ぶちゅ、ぐちゅ、と粘つく音は、アルギュロスが速度を上げると幾重にもなって響いた。爛れたみたいに感じる一番狭いところが、むずがゆくて――気持ちいい。

「っミウ、……おまえの奥、絡まってくるみたいだ」

鼠蹊部《そけいぶ》がぶつかるほど強く打ちつけながら、アルギュロスがミウを見下ろした。

「わかるか。襞が――絡まって、吸いつく」

「だ、って、ぁっ、……きもち、ぃ、か、ら……ぁッ」

中も、意識も蕩けそうだ。気持ちさえ溶けて、余計なものが消え、ただ単純な想いだけが残る。

「ッ、アルッ、い、い……っ、す、き……っ」

「俺も好きだ、ミウ」

汗を浮かべたアルギュロスが微笑む。こらえるように苦しげでありながら、幸福そのものの飾らない表情に、はち切れそうな熱が込み上げた。

「ぁ……ま、た、……っ、いっちゃ、……ッ」

きゅう、と蜜襞が締まる。空へと押し上げられるような、圧倒的な予感が下腹部から襲い、ミウはぴんとつま先を跳ね上げた。ミウ、と呻くアルギュロスの声が、遠く、近く、不思議な響きで届く。

「ずっと、一緒だ。いついかなるときも」

「――――ッ!」

体内の雄がどくりと膨れたように感じた。濃くて重たい精液が、煮溶かすように粘膜に染みていく。骨盤の奥までぎっちり嵌《は》め込まれ、自分では決して触れられない場所に、アルギュロスの種が届いている。

身体はばらばらになったように、感覚が曖昧《あいまい》だった。空にふわふわと浮いたような心地のまま、のしかかってくるアルギュロスの重みを受けとめる。

荒い息をしながら唇を重ねられたとき、窓からは白い朝日が差し込んできて、ふいに泣きたくなった。

長い旅が、ようやく終わったような気がした。


三週間後、アルギュロスと二人で、祝蝶の届けを出してきたと告げると、メネラウスは椅子に深く寄りかかった。

「結局、そうなりましたか」

祝蝶はもう廃止にする、とメネラウスが王に申し出たのは、コルウスの事件の二日後だった。けれど同時に、ミウはナミたちほかの祝蝶と一緒に、続けたいと意見書を送った。希望は二つ。今まで以上に、フェアリルに無理強いはしないこと。フェアリルの長も、祝蝶を希望する者がいれば、意思を尊重することだ。

大事なことだからこそ、勝手に決めてほしくなかった。コルウスは心底嫌なやつだし、ああいう人間はきっとたくさんいるのだろう。でも人間を好きでいたいのだと言うと、メネラウスは悲しげだった。

「私の弟たちも、人間が好きでした。――人間なんか、好きにならなければよかったのに」

態度を変えられないほど、メネラウスは弟たちを愛していたのだろうと思えたから、制度は廃止になるかもしれないと気を揉んだけれど、国王からはフェアリル側のよいように、という返答があり、最終的にメネラウスは、各自が己で判断すること、と決めた。

フェアリルに血を飲ませる行為については、厳罰を与えるにしても、騎士を処刑すればフェアリルまで苦しむことになってしまうため、どうやって防いでいくかはしばらく議論が重ねられることになっている。

見かけ上は今までとなにも変わらないが、フェアリルの中には学校を辞める者もいた。それでも結局、祝蝶たちは全員続けることになって、ミウもようやく昨日、届けを出したのだった。

コルウスらは全員捕らえられ、牢で処分を待っている。

眉間を指で押して、メネラウスは自らお茶をポットからそそぎ分けた。

「個人的には嬉しくありませんが、ミウならそう言うだろうとは思っていました。――このあと出発するんでしょう？」

「はい」

森の館を出たら、アルギュロスとともに首都に向かうことになっていた。行方不明のままだったコルウスの元祝蝶が見つかって、首都で保護されているのを迎えにいき、この森まで連れて戻るのだ。

願わくは彼が人間を嫌いになっていないといいけれど、こちらの世界では、離れた場所にいる彼の状態を詳しく知るのも難しい。命に別状がなさそうなのが幸いだった。

「きっとすごく傷ついたと思うけど、見つかってよかった」

「そうですね。ミウはどうせ、首都に行くこと自体が楽しみでしょうけど」

ちくりと嫌味を言ってカップに目を落とし、それからメネラウスは呟いた。

「無事に連れて帰ってきてください。もう二度と、こんな理由でフェアリルを失いたくない」

「うん。大丈夫」

「必ず」

黙っていたアルギュロスも頷いて、お茶を飲み干した。仕事があるから見送らないというメネラウスの前を辞し、外に出るとつい伸びをしてしまう。

「はー。なんか緊張した」

「メネラウスに？」

「あのひとにっていうか……ほら、祝蝶として、アルと並んで誰かに会うのって初めてだから」

なんとなく、背筋が伸びるような、きちんとしなければならないような気持ちがしたのだ。アルギュロスは馬の手綱を取ると、ミウを先に背中へと乗せた。

「では、首都まで行って帰ってくるあいだに慣れてもらわないと」

「――ほんとにやるの、パーティ」

後ろに跨《またが》ったアルギュロスを振り返って見上げ、ミウは唇を曲げた。

「お披露目なんか、聞いたことないよ。結婚式じゃないんだから」

「結婚式がわりだからやるんだ。前例がないからといって、禁止されているわけじゃない。ミウも一昨日、やってもいいって言っただろう」

「言ったけどさ」

アルギュロスはミウが正式に祝蝶になったら、お披露目の宴をひらくつもりでいたのだ。ミウとしてはそういうのは恥ずかしいから遠慮したいのに、やるやらないで微妙に喧嘩になって、届けを出すのが遅れたほどだ。結局、ミウが折れた。

「アトルム王子に大笑いされたのに、どうしてこだわるんだよ」

恋人を見せびらかしたい気持ちが、ミウにはよくわからない。アルギュロスは馬に合図して歩かせ、ミウの頭に頬を寄せた。

「虫除《よ》けになるだろう」

「虫？」

お披露目から話が飛んだのかと首をかしげると、ちゅ、と唇を吸われた。

「ミウに横恋慕するやつを撃退できる」

「…………そうそういないよ、横恋慕する人なんて」

アルってちょっとおれのことになると変だよな、とミウは思う。名高い銀の騎士がこんな性格だと知れたら、がっかりする国民も多そうだ。

……まあ、そういうところも、わりと好きだけれど。

お返しにかるくキスしてやって、前を向く。

あんなに怖かった馬も、だいぶ慣れてきた。木立を抜けて坂道を下り、見慣れた街を通りすぎれば、その先には知らない景色が広がっていた。

大事な仕事のために行くのだとわかっていても、初めての旅は胸が高鳴る。これから五日はアルギュロスとずっと一緒だと嬉しくなったとき、ふわりと目の前を蝶が横切った。

「アル！　蝶だ」

「ああ、見えた」

淡い虹色をまとった青い蝶だ。優雅に踊るような姿は馬の速度ではすぐに遠ざかって見えなくなったけれど、応援してくれているのかも、と思えた。

アルギュロスと二人の日々が、これからはじまるのだ。ミウは明るく晴れた空を見つめ、守るように揺るぎないアルギュロスの身体に背を預けた。

あとがき

こんにちは、またはお初めまして、葵居《あおい》です。

リンクスさんではお久しぶりになりました。今回はファンタジーということで、以前からやりたかった蝶モチーフに、記憶喪失と幼馴染みものをミックスして書いてみました！　愛情深く美しい外見を持つ種族ながら、「守ってあげよう」という気持ちと自立心も持ちあわせているミウ（実羽《みう》）と、一途で、好きすぎる故に不器用だったりちょっと様子がおかしかったりするアルギュロスの二人、いかがでしたでしょうか。

個人的には、先走って結婚式（もどき）を妄想したり、強面なのにポエムみたいな賛辞を惜しまないアルギュロスが楽しかったです。

脇キャラも、実は最初のバージョンのプロットからは少し増えたのですが、ナミとアトルムも好きなキャラクターになったので、やや癖のあるメネラウスなども含めて、気に入ってもらえるといいなと思っております。フェアリルや祝蝶の設定は少しややこしくなってしまったのですが、そのあたりも少しでも楽しんでいただけますように……。

フェアリルさんたちのお名前は全部蝶の名前から来ています。どの子もとても綺麗なので、苦手じゃない方は、よかったら画像を見てみてくださいね♪　ちなみに私は蛾も好きで、蛾モチーフもやりたいなと思っていたりしますが、どうでしょうか……。苦手な方もいらっしゃいますよね。文字を見るのもいやな方がいたらすみません。

ほかに、今回は果物を書くのも楽しかったです。パイナップル、書きながら食べちゃいました。

実はリンクスさんではがっつりと異世界舞台のファンタジーは初めてなのですが、その記念すべき「初めて」の機会に、なんとイラストレーター様を北沢《きたざわ》きょう先生にお引き受けいただきました。キャララフから素敵だったのですが、ご覧いただいたとおり、カバーも口絵も本文も素晴らしくて、毎回拝見するたびに感動していました。北沢先生、お忙しいなか華やかで美しいイラストをありがとうございました！

いつもお世話になっている担当さま、校正者さま、書店はじめ流通の皆様、印刷制作などご関係者さま、そしていつも読んでくださる読者さま、初めましての読者さまにも、この場を借りてお礼申し上げます。

いつものように、ブログかツイッターでおまけＳＳを公開いたしますので、そちらも読んでもらえたら嬉しいです。

どこか一か所でも気に入っていただけていることを願いつつ、また次の本でもお目にかかれれば幸いです。

二〇二一年七月　葵居ゆゆ

ふたりの彼の甘いキス《ふたりのかれのあまいきす》

葵居ゆゆ
イラスト：兼守美行

定価 957 円

漫画家の潮北深晴は、担当編集である宮尾規一郎に恋心を抱いていたが、その想いを告げる勇気はなく、見ているだけで満足する日々を送っていた。そんなある日、出版パーティで知り合った宮尾の従弟で年下の俳優･湊介と仲良くなり、同居の話が持ち上がる。それを知った宮尾に、「それなら三人で住もう」と提案され、深晴は想い人の家で暮らすことに。さらに、湊介の手助けで宮尾と恋仲になれ、生まれて初めて甘いキスを知る。その矢先「深晴さんを毎日どんどん好きになる。だからここを出ていくね」と湊介にまさかの告白をされ、宮尾のことが好きなはずなのに深晴の心は揺れ動き…？

リンクスロマンス大好評発売中

初恋ウエディング《はつこいうえでぃんぐ》

葵居ゆゆ
イラスト：小椋ムク

定価 957 円

父子家庭で育った拓実の夢は、幸せな家庭を築くこと。でも、人の体温が苦手な拓実は半ばその夢を諦めていた。その矢先、子連れ女性との結婚に恵まれる。しかし、わずか半年で妻に金を持ち逃げされ、さらにアパートの立ち退きに遭い、父子で路頭に迷うことに…。そんな時、若手社長になっていた高校の同級生・偉月と再会し、「住み込みで食事を作ってほしい」と頼まれる。実は拓実が人の体温が苦手になったのは偉月にキスをされたからで、そんな偉月からの提案に躊躇するが、背に腹は変えられず、その日から偉月と息子の愁との三人生活が始まって……？

LYNX ROMANCE

小説原稿募集

リンクスロマンスではオリジナル作品の原稿を随時募集いたします。

募集作品

リンクスロマンスの読者を対象にした商業誌未発表のオリジナル作品。
（商業誌未発表のオリジナル作品であれば、同人誌・サイト発表作も受付可）

募集要項

＜応募資格＞
年齢・性別・プロ・アマ問いません。

＜原稿枚数＞
４５文字×１７行（１枚）の縦書き原稿、２００枚以上２４０枚以内。
※印刷形式は自由。ただしＡ４用紙を使用のこと。
※手書き、感熱紙不可。
※原稿には必ずノンブル（通し番号）を入れてください。

＜応募上の注意＞
◆原稿の１枚目には、作品のタイトル、ペンネーム、住所、氏名、年齢、電話番号、メールアドレス、投稿（掲載）歴を添付してください。
◆２枚目には、作品のあらすじ（４００字〜８００字程度）を添付してください。
◆未完の作品（続きものなど）、他誌との二重投稿作品は受付不可です。
◆原稿は返却いたしませんので、必要な方はコピー等の控えをお取りください。
◆１作品につき、ひとつの封筒でご応募ください。

＜採用のお知らせ＞
◆採用の場合のみ、原稿到着後６カ月以内に編集部よりご連絡いたします。
◆優れた作品は、リンクスロマンスより発行させていただきます。
原稿料は、当社既定の印税でのお支払いになります。
◆選考に関するお電話やメールでのお問い合わせはご遠慮ください。

宛先

〒151-0051
東京都渋谷区千駄ヶ谷４−９−７
株式会社　幻冬舎コミックス
「リンクスロマンス　小説原稿募集」係

この本を読んでの
ご意見・ご感想を
お寄せ下さい。

〒151-0051
東京都渋谷区千駄ヶ谷4-9-7
(株)幻冬舎コミックス　リンクス編集部
「葵《あお》居《い》ゆゆ先生」係／「北《きた》沢《ざわ》きょう先生」係

リンクス ロマンス

神使いの蝶は誓いの聖騎士に祝福を捧ぐ

2021年7月31日　第1刷発行

著者……………葵《あお》居《い》ゆゆ
発行人…………石原正康
発行元…………株式会社　幻冬舎コミックス
〒151-0051　東京都渋谷区千駄ヶ谷4-9-7
TEL 03-5411-6431（編集）
発売元…………株式会社　幻冬舎
〒151-0051　東京都渋谷区千駄ヶ谷4-9-7
TEL 03-5411-6222（営業）
振替00120-8-767643
印刷・製本所…株式会社　光邦
検印廃止

ISBN978-4-344-84889-4 C0293
Printed in Japan

幻冬舎コミックスホームページ　https://www.gentosha-comics.net